여기,

내가 사랑한
뉴욕이 있어

여기,

내가 사랑한
뉴욕이 있어

한 달 동안
뉴요커로 살아 보기

글 · 사진 JIN. H

크루

Prologue.

퇴사하고 뉴욕으로 떠납니다

첫 입사, 첫 퇴사 그리고 처음으로 혼자 하는 여행. '첫'이라는 글자는 누구에게나 긍정적이든 부정적이든 의미를 가진다. 지금까지 내 삶의 방향에 가장 큰 영향을 미친 첫 경험은 바로 처음으로 혼자 떠났던 여행이다. 마침내 보호막을 벗어던지고 현재의 생활을 뒤로한 채 어디론가 떠날 결심을 하던 그 순간부터 나의 홀로서기는 시작되었고, 그 도전은 여전히 현재 진행형이다.

지금으로부터 약 10년 전, 또래에 비해 다소 늦은 26살에 첫 사회생활을 시작했다. 그렇게 된 데에는 여러 가지 이유가 있는데 그중 가장 큰 이유는 무엇을 할지 몰랐기 때문이다. 학교를 벗어나 바로 사회로 뛰어들기엔 당시의 나는 겁이 많고 도전 정신이 부족했으며 무엇보다도 하고 싶지 않은 것은 하기 싫었다.

대학교 시절, 남들 다 하는 카페 아르바이트도 하루 만에 관두고 다신 하지 않을 만큼 힘든 일은 조금도 참지 못했으며 배움에 있어서도 다 나열하기 어려울 정도로 추진적으로 시작은 하나 끝은 없는, 일명 끈기 없는 학생이었다. 성인이 되어도 여전했던 쉽게 싫증 내고 쉽게 포기하는 의지박약형 성향은 부모님에겐 큰 걱정이자 고민거리였다.(역설적으로 이것의 좋은 점은 내 사전에 중독이란 없다는 것이다.) 실제로 '대학교만 보내면 다 끝나는 줄 알았다'라는 한탄이 있었으나 그마저도 나에겐 그저 한 귀로 듣고 한 귀로 흘리는 별 감흥 없는 말이었다.

그랬던 내가 드디어 난생처음 4대 보험에 가입하는 직장에 취업을 했다. 그때까지도 가족과 떨어져 살아본 적이 한 번도 없었기에 집에서 그리 멀지 않은 곳을 골라 지원했고, 다행히도 좋은 결과를 얻어 입사하게 되었다. 이것이 바로 내 인생에서 첫 사회생활이자 사회인으로서의 첫 발이다. 처음으로 마주하게 된 회사 사람들은 천차만별 연령대에 다양한 성향과 배경을 가졌으며 그동안 대학교에서 동기, 선후배들과 형성했던 관계와는 다른 새로운 세상이 펼쳐졌다. 그 누가 대학을 작은 사회라고 했던가! 나는 결코 동의하지 않는다. 학교는 학교고 회사는 회사다.

여직원이 많은 팀에서 근무했던 나는 위아래 두세 살 터울로 비슷한 또래의 여성들 사이에서 막내 축에 속했다. 매일 그녀들과 모닝커피를 시작으로 같이 점심을 먹고 퇴근 후에는 술도 마시며 금세 많은 대화를 하고 서로의 경험을 나누는 사이가 되었다. 쉬는 날 회사를 벗어나서도 만날 만큼 나도 모르는 새 직장 동료에서 친한 언니, 동생이 된 것이다. 운 좋게도 주변에서 흔히 들리던 직장 내 텃세와 이상한 동료 이야기는 나에겐 해당하지 않는 것이었다. 위치, 근무 환경, 사람 뭐 하나 부족한 게 없었으며 그곳에서의 생활은 지금 돌이켜 봐도 재미있는 에피소드와 좋았던 추억뿐이다.

1년, 첫 회사에서 보낸 시간이다. 그렇게 좋았는데 왜 1년밖에 일하지 않았냐 묻는다면 입사 전과 후로 그 이유를 달리 말할 수 있다. 애당초 해당 업계로 진출할 생각이 없었고 경력보다는 경험을 쌓기 위해 입사했다. 그리고 입사 후, 나는 내가 우물 안 개구리였다는 걸 절실히 깨달았다. 나와 같이 일했던 직장 동료, 특히 그녀들은 대부분 해외에서 학교를 다니거나 살았던 해외파였다. 어릴 때부터 혼자서는 아무것도 못 했던 나는 그녀들의 이야기를 들으며 일종의 문화 충격을 경험했고 내가 살아온 방식에 의문 부호를 가지게 되었다. 뜻하지 않게 이 회사에 입사하게 된 것이 '이 사람들을 만나 인생의 깨우침을 얻기 위해서였나'라는 생각까지 들 정도였다. 세상은 넓고, 보고 듣고 즐길 수 있는 게 많았으며 반드시 누군가와 함께 하지 않아도 됐다. 가족이나 친구 없이 홀로 차 타고, 기차 타고, 비행기 타고 낯선 곳으로 향하는 상상만 하기엔 나는 아직 너무 젊고 너무 건강했다. 그래서 결심했다. 떠나기로.

추진력만큼은 누구에게도 뒤지지 않았기에 결심하는 순간 모든 것은 일사천리로 진행되었다. 먼저 '진정한 여행은 그곳에서 살아 보는 거야'라는 마인드로 '무조건 한 달은 있자'라며 나만의 기간을 정했고, 그다음 떠오르는 질문은 '어디로 가지?'였다. 이 여정의 목적지를 선택함에 있어 우선순위로 두고 고려한 것은 세 가지다.

첫째, 누구나 알 만한 세계적인 도시인가
둘째, 차가 없어도 편히 다닐 수 있는가
셋째, 어느 정도 의사소통을 할 수 있는가

처음으로 혼자 떠나 한 달이라는 시간을 보내야 하는데 말도 통하지 않는 오지로 갈 수는 없었다. 그렇게 나만의 기준을 정하자 딱 들어맞는 곳 몇 군데가 후보로 올랐다. 런던, 파리와 더불어 세계 최고의 도시 중 하나이자 미국 서부와는 달리 차 없이도 편히 다닐 수 있으며 초등학교 때부터 학교에서 배워 온 영어를 써먹을 수 있는 곳, 바로 뉴욕이다! 맘이 바뀔 새라 나는 곧장 뉴욕행 왕복 항공권을 끊었고, 다음 날 회사에 출근하자마자 나의 결심을 밝혔다.

"저 퇴사하겠습니다. 한 달 뒤 뉴욕으로 떠납니다!"

이것이 나의 첫 입사, 첫 퇴사 그리고 처음으로 혼자 하는 여행의 시작이다.

Contents

New York

29박 30일 동안 머물 숙소 구하기

떠나기로 결심하고 목적지를 정한 뒤 항공권을 구매하기까지는 아주 찰나의 시간만이 필요했다. 그러나 문제는 그다음이었다. 29박 30일. 정확히 뉴욕에서 내게 필요했던 숙박 일수다. 유학생에 비할 바야 아니지만 여행자치고는 짧지 않은 기간이기에 이것은 아주 중요한 문제였다. 게다가 나는 한 번도 혼자 떨어져자 본 적이 없는 여행 초보자 중 초보자였다. 폭풍같이 몰아치던 여행 준비 속에서 나는 내가 묵을 숙소를 두고 여러 가지 기준으로 신중히 고민하기 시작했다.

첫째는 '위치'다. 뉴욕주 남부에 위치한 뉴욕은 맨해튼, 브롱스, 브루클린, 퀸스, 스태튼 아일랜드 등의 5개 자치구를 포함한 미국에서 가장 크고 가장 인구가 많은 도시다. 한마디로 엄청 크다는 말이다. 그리고 여기서 우리가 흔히 이야기하는 예술, 패션, 상업의 중심 뉴욕은 맨해튼을 의미한다. 뉴욕을 여행한다는 것은 맨해튼을 여행한다는 것이며 그 이외의 지역에서 맨해튼을 오가는 것은 어마어마한 교통비와 함께 매우 고된 일이다. 매일 관광지로 지하철, 기차 여행을 떠날 순 없으니 나는 맨해튼에 숙소를 정해야 했고 안전상의 이유로 외곽보다는 사람 많은 중심지를 선호했다.

둘째는 '기간'이다. 지금의 나였다면 예약 가능한 날짜에 맞춰 여러 숙소를 경험하고 하루 전이나 당일 예약도 불사하겠지만, 당시 나는 난생처음으로 혼자 생활하는 것이었다. 한 달 치의 짐이 담긴 무거운 캐리어를 끌고 고국에서 이역만리 떨어진 낯선 곳에서 이리저리 옮겨 다닌다는 것은 상상할 수 없는 일이다. 즉, 고생문을 조금이라도 줄이고 숙소로 인한 예기치 못한 상황을 피하기 위해서라도 29박 30일을 연달아 숙박할 수 있는 곳을 찾는 일은 나의 여정에 있어 아주 중요한 부분이었다.

셋째는 '잠'이다. 일단 나는 잠자리에 까다로운 편은 아니다. 나이 차 나지 않는 삼 남매에 어린 시절 시골 할머니 댁, 친척 집에서 복작복작거리며 잤던 영향이 클 것이다. 심지어 온 가족이 대전 엑스포에 간 2박 3일 동안 아빠 친구이자 내 친구 집에 맡겨져 신세 진 적도 있다. 개근상은 받아야 한다는 부모님의 철학으로 가족 중 유일한 학생이었던 나는 학교에 가야만 했기 때문이다.(덕분에 대전 엑스포 가족 여행 사진에 내 얼굴만 없으며 저금이 싫은 나에겐 노란색 꿈돌이 저금통이 하나 생겼다.) 이 외에도 나는 잠자는 걸 좋아하고 어디서든 머리만 누이면 잘 잔다. 따라서 일단 잘 수 있는 깨끗한 장소만 있으면 족했다.

이런 나만의 기준들을 정해 두고 뉴욕에서 고려해 볼 수 있는 숙박 형태는 크게 3가지였다.

먼저 일반적으로 여행할 때 우리가 흔히 생각하는 숙소, 호텔이다. 그러나 뉴욕, 특히 맨해튼의 호텔은 비싼 땅값만큼 숙박비 또한 세계 최고 수준을 뽐낸다. 거기에 매일같이 나가는 세금과 팁은 덤이다. 호텔 브랜드나 인테리어, 규모 등 선택지는 많지만 오래된 건물이 많다 보니 관리 상태, 룸 컨디션 등 그 값어치를 하지 못하는 곳도 많다. 더럽다, 벌레가 나온다, 쥐를 봤다, 불친절하다, 소지품을 도난당했다 등의 후기가 많은 것만 봐도 어느 정도 복불복은 감수해야 할 것이다. 결론적으로 뉴욕 맨해튼에서 괜찮은 위치에 괜찮은 호텔에서 자려면 1박당 300달러 이상은 잡아야 한다.

다음으로는 호스텔이다. 저렴한 가격으로 전 세계 배고픈 배낭 여행객과 학생들을 유혹하는 호스텔. 뉴욕 맨해튼 한복판에도 몇 개의 호스텔이 있다. 일단 가격적인 부분만 보자면 최고의 선택이 될 수 있을 것이다. 1박당 30~50달러로 괜찮은 호텔의 10분의 1 가격이니 말이다. 그러나 일명 도미토리로 불리는 방에서 열 명 남짓의 사람들과 같이 생활하고 공용 욕실을 사용해야 한다. 거기에 혼성룸에 묵어야 할 수도 있고, 많은 짐을 보관할 공간이 마땅치 않은 곳도 있다. 짧은 여행이라면 상관없겠지만 장기 여행을 계획 중인 내 기준에선 넘치는 짐을 이고 지고 각국에서 온 일면식도 없는 수많은 낯선 이들과 한 달을 보낼 자신이 없었다.

마지막으로 내가 고려한 숙소는 한인민박이다. 뉴욕 여행을 준비하기 전만 해도 내게 한인민박은 유럽에서 한국인이 운영하는 저렴한 숙소로 배낭 여행객들이 서로 의지하며 한식을 먹고 담소를 나누는 그런 이미지가 컸다. 그러나 뉴욕의 한인민박은 우리가 일반적으로 생각하는 그런 민박의 개념이 아니다. 고층 빌딩이 즐비한 뉴욕은 시설 대비 비싼 호텔에 대한 대안으로 고급 오피스텔을 활용한 숙박 형태가 발달했다. 집 전체 렌트부터 각각의 방 또는 방 안의 침대 하나까지 그 유형도 천차만별이다. 그만큼 위치, 건물, 사용 인원 등 선택할 수 있는 옵션 또한 다양하다. 맨해튼의 대부분 오피스텔은 뻔쩍뻔쩍한 외관에 도어맨과 보안 요원이 상주하여 안전하며 피트니스 센터와 라운지, 엔터테인먼트 룸까지 갖춘 곳도 많다. 고층 건물 통창을 통해 보이는 전경 또한 매력적인 요소다. 여기에 관리 매니저가 매일 출퇴근하며 방을 청소하고 어메니티도 채워준다. 물론 이런 룸이 호스텔만큼 저렴하진 않지만 웬만한 호텔보단 나은 가격에 쾌적한 환경에서 생활가능하다.

여러 요소와 상황을 고려했을 때 나에게 딱 맞는 숙소는 한인민박이었다. 맨해튼의 중심 타임스 스퀘어 근처에 자리하여 도보 10분이면 웬만한 관광 명소에 다다를 수 있는 곳이었다. 다만 29박 30일 동안 연달아 사용할 수 있는 1인실을 쉽게 구할 수 없어 2인실로 예약했고, 내 옆 침대에는 총 3명이 거쳐 갔다. 물론 온전히 홀로 그 방을 차지했던 운 좋은 날도 더러 있었다.

퇴사, 나 홀로 여행, 뉴욕, 맨해튼. 30일 동안 살아가기 Start!

New York

From 인천
To 뉴욕

항공권을 결제할 때까지만 해도 뭐든 할 수 있을 것 같고 의욕이 넘쳤다. 그러나 시간이 흐르고 뉴욕으로 출발할 날이 가까워질수록 귀찮고, 무섭고, 온갖 고민과 잡생각이 스멀스멀 올라오기 시작했다. '과연 홀로 여행을 떠나기로 한 내 결정이 옳은 것인가'라는 의문까지 들었다. 한 달이라는 시간을 보내는 데 필요한 짐을 싸는 것도 일이었다. 머무는 동안 계절이 바뀌어 추워질까 걱정, 반대로 혹시나 덥지는 않을까 걱정, 거기에다 평소엔 거들떠보지도 않던 물건도 눈에 들어왔다. 그럼에도 여전히 구체적인 계획은 없었고 점입가경으로 출국 며칠 전에는 가기 싫어지는 지경에까지 이르렀다.

'대체 무슨 생각으로 이런 결정을 내렸는지. 홀로 뉴욕에

서 한 달 살기라니!'

나는 막연히 뉴욕은 가을에 가야 한다는 생각을 갖고 있었다. 리처드 기어와 위노나 라이더 주연의 〈뉴욕의 가을〉(Autumn in New York)이라는 영화 제목을 익히 들었고, 그 영향으로 '뉴욕은 가을이지'라는 공식이 나도 모르게 생겼다. 그리고 또 다른 이유를 꼽자면 가을이 내가 제일 좋아하는 계절이기 때문이다. 하늘은 맑고 덥지도 춥지도 않은 그 계절, 여행하기 딱 좋은 날이다.

9월 11일, 한국에서 뉴욕으로 출발하는 날이자 나의 여행이 시작되는 날이다. 항공권을 끊을 당시에는 생각하지 못했는데 출발할 날이 다가오자 9월 11일이라는 날짜가 마음에 걸렸다. 9.11 테러가 발생하고 오랜 시간이 지났지만, 미국인에게 결코 지워지지 않는 상처를 남긴 이 사건의 상징성과 영향력은 실로 어마어마하다. 세계무역센터가 있던 그 자리에 상업적 건물을 짓는 대신 희생자를 추모하는 9/11 메모리얼과 뮤지엄을 만든 것만 봐도 그 의미를 어느 정도 짐작할 수 있다. 9월 11일 뉴욕 입국. 아주 길고 지루하면서도 엄격한 입국 심사가 예상되었다. 인터넷에서 JFK 공항 입국 후기들을 찾아보며 절차와 분위기, 내가 받을 만한 질문들을 숙지했는데, 그중에는 뭐 저런 걸 묻나 싶은 것도 있었다. 원래의 나라면 절대 예습하지 않았겠지만 이번에는 아주 성실한 모범생처럼 사전에 만반의 준비를 마쳤다. 억울하게 공항에 억류되는 일은 없길 바라면서.

원하고도 원하지 않던 출국 당일이 되었다. 행여라도 체크인 줄이 길어 늦을까 서둘러 일찍 집에서 나섰다. 지난 여행에서 친구들과 함께 했던 공항은 서로 사진도 찍어 주고, 면세점 쇼핑도 하면서 시간이 촉박했던 것 같은데 오늘은 왜 이리도 시간이 더딘지. 출발 3시간 전 도착한 공항에 앉아 나는 홀로 그렇게 시간을 보냈다. 지루한 기다림 끝에 마침내 뉴욕행 항공기에 올랐고, 14시간이 넘는 장거리 비행 동안 영화를 보다 먹고 자고 하는 과정을 세 번쯤 반복했을 때 곧 착륙한다는 안내 방송이 흘러나왔다. 그리고 도착한 JFK 공항. 기쁜 마음도 잠시 끝이 보이지 않는 입국 심사 줄에 숨이 턱 막혔다. 지금까지도 그날의 줄은 내 인생에서 최고로 길고 최고로 오래 기다린 기억으로 남아 있다. 기다림의 시간이 길어서 그런지 입국 심사에 대한 긴장감은 사라진 지 오래였다. 드디어 내 차례가 다가왔고, 예습이 무색할 만큼 너무도 간단한 질문이 오갔다.

너 여기에 왜 왔니?

비지팅.

얼마나 머무니?

어 먼쓰.

이것이 우리가 나눈 대화의 전부이다. 아무래도 그들의 기준에는 나에게 많은 시간을 할애할 필요를 느끼지 못했나 보다. 반면 아랍계 방문객 심사에는 비교적 오랜 시간이 걸렸다. 내 차례를 기다리며 앞사람을 한참이나 바라봐야 했으니 말이다.

9월 11일, 내 전부를 담은 28인치 캐리어와 함께 14시간을 날아 드디어 뉴욕에 도착했다.

'안녕, 뉴욕아!'

New York

오늘 처음 본 사람과 식구가 되다

JFK 공항에서 나오자마자 제일 먼저 버스 정류장으로 향했다. 보통의 공항이 그렇듯 공항 밖으로 나오면 택시, 공항 리무진이 줄 지어 서 있을 것이라 생각했다. 예상대로 어렵지 않게 맨해튼 미드타운행 셔틀을 발견했고 현장에서 티켓 값을 지불한 뒤 차에 올랐다.

'훗. 별거 아니네.'

마침내 도착한 뉴욕의 중심은 이제 막 점심시간이 지나 있었고, 짐을 싣고 내려 준 기사 아저씨에게 건넨 1달러의 팁을 시작으로 팁 노예 생활도 함께 시작됐다.

유심칩 없이 와이파이에만 의존하는 여행을 선택했던 나는 예약한 숙소로 찾아가기 위해 근처에 있던 카페에 들어갔다. 와이파이를 연결해 숙소 매니저한테 연락을 취했고 우여곡절 끝에 타임스 스퀘어에서 그와 조우할 수 있었다. 한인민박의 가장 큰 단점은 체크인하기 위해 숙소 관계자와의 만남이 필수라는 점이다. 전 세계 관광객들이 끊임없이 오가는, 그것도 맨해튼의 타임스 스퀘어 한복판에서 얼굴도 모르는 사람을 찾는다는 것은 결코 쉬운 일이 아니었다.

어렵게 만난 매니저와 함께 한 달간 생활하게 될 숙소로 향했고, 그는 내게 열쇠를 건네주며 부엌과 화장실 등의 사용 방법을 설명해 주고 떠났다. 그리고 내가 사용할 방에 들어서자마자 옆 침대의 주인공이자 내 인생 첫 룸메이트를 마주하게 된다. 비슷한 또래로 보이던 그녀와 가볍게 인사를 주고받은 뒤 알게 된 사실은 그녀는 면접을 보러 뉴욕에 왔으며, 내일 다시 원래 살던 곳으로 돌아간다는 것이다. 그 말을 끝으로 나는 짐을 풀고 그녀는 짐을 정리하기 시작했다.

한참을 각자의 일에 열중하고 있었는데, 문득 그녀가 소호(SoHo) 지역에 뉴욕 현지인 맛집이 있는데 같이 가지 않겠냐며 내게 물었다. 누군가에게 먼저 다가가거나 말을 거는 법이 없던 나였기에 당시에 그녀가 내밀어 준 손길이 너무도 고마웠고,

이 낯선 땅에서 첫 끼를 혼자 해결하지 않아도 된다는 사실에 안도감마저 들었다. 그녀의 따스한 제안과 함께 늦은 점심 겸 이른 저녁을 먹으러 향한 그곳은 진짜 뉴요커들만 오는 식당인지 작은 가게 안에는 단골로 보이는 사람들이 여유롭게 신문을 펼치며 식사를 하고 있었다. 인테리어 곳곳에는 세월의 흔적이 느껴졌고, 뭘 시켜야 할지 몰라 주위를 둘러보니 하나같이 계란 요리를 앞에 두고 있었다. 그 분위기에 휩쓸려 한국에선 먹지도 않던 오믈렛과 아메리카노를 주문했다.

사실 맛이 있었는지 없었는지는 모르겠다. 하지만 그날의 식사는 내가 뉴욕에서 먹은 첫 끼이자 난생처음 낯선 이와 한 식탁에 앉아 밥을 먹었던 기억으로 오래 남아 있다. 어린 시절 편식이 심했던 나는 성인이 되어서도 완전히 식습관을 고치지 못했고, 친밀하지 않은 사람과 무언가를 같이 먹는다는 행위 자체가 불편했다. 그러나 뉴욕에서 처음 본 그녀와 함께 밥을 먹었던 그날만큼은 내가 어떤 사람이었는지 완전히 잊을 수 있었다. 그저 같은 언어로 대화를 나누며 이 순간을 공유할 사람이 있다는 사실에 감격했을 뿐이다. 그렇게 뉴욕에서 보내는 첫날, 나는 처음 보는 그녀와 '식구'(食口, 한집에서 함께 살면서 끼니를 같이 하는 사람)가 되었다.

TIP. JKF 공항에서 맨해튼 시내로 이동하는 방법

1. Air Train + Subway / LIRR

JFK 공항에서 에어 트레인으로 Jamaica Station역까지 이동한 뒤 지하철 또는 기차로 환승하여 목적지로 향한다. LIRR(Long Island Rail Road)을 이용하면 맨해튼 Penn Station역까지 빠르고 편하게 도착할 수 있다. 무거운 짐을 지고 뉴욕 지하철 계단을 오르내리는 건 다소 힘이 드나 가장 저렴한 방법이다.

2. 공항 셔틀버스

여행사 또는 한인 업체에서 운영하는 다양한 공항 셔틀버스 프로그램이 있다. 국내 항공사 출입국 시간에 맞춰 스케줄이 잘 짜여 있고 정액제이기 때문에 추가 비용 부담이 없다. 업체 비교 후 자신에게 맞는 서비스를 선택하면 된다.

3. 개인 차량

우버, 옐로우캡, 한인 택시 등 공항을 오가는 차량은 어디서든 쉽게 찾을 수 있다. 다만 통행료와 팁, 맨해튼의 교통체증도 고려해야 한다. 가장 비싸지만 가장 편한 방법으로 4인 이상 이용할 경우 추천한다.

New York

유엔에서
여권 뺏길 뻔한 사연

뉴욕에는 세계 평화와 국제 협력 증진을 목적으로 설립된 역사상 가장 큰 규모의 국제 연합, 일명 유엔(UN, United Nations) 본부가 있다. 유엔 본부는 맨해튼에 있지만 미국의 영토가 아니며 어느 누구의 것도 아닌 하나의 독립된 지역으로 존재하는 국적이 없는 '세계인의 땅'(international territory)이다.

뉴욕을 찾는 많은 방문객들은 유엔 본부를 하나의 관광 코스처럼 찾는다. 유엔에서 직접 운영하는 투어 프로그램이 따로 있을 정도로 인기 있으며 가이드 투어를 통해 뉴스에서나 보던 유엔 대회의장을 비롯한 크고 작은 각종 회의장을 구경할 수 있다. 그러나 나는 정해진 시간에 정해진 루트를 따라 사람들과 우르르 몰려다니는 투어를 좋아하지 않는다. 발길 닿는 대로 오가며 원하는 시간만큼 보내고 싶기 때문이다. 무식하면 용감하다고 했던가. 나는 용감하게도 가이드 투어를 예약하지 않고 즉흥적으로 유엔을 찾았다. 왠지 유엔에 들리고 싶은 날이었다.

그날 유엔을 방문한 이유는 엽서를 보내기 위해서다. '엽서를 보낸다고?' 의아하게 생각할 수도 있지만 유엔 본부는 자체적으로 우편 업무 시스템을 운영한다. 유엔 내 기념품 가게에서는 유엔을 상징하는 다양한 엽서와 우표를 판매하고, 비치된 파란색 우체통에 우편물을 넣으면 유엔 직인이 찍혀 전 세계로 배달된다. 특별한 방법으로 가족에게 안부도 전하고 꿈의 국제기구에서 커피도 마셔 보고자 하루의 시작을 유엔으로 정했다. 유엔에서 마시는 커피라니! 상상만으로도 행복했다. 그러나 이 결정으로 인해 파란만장한 하루가 펼쳐지리라고는 생각지도 못했다.

유엔 본부에 도착하니 건물 입구 삼엄한 보안 검색대가 가장 먼저 나를 맞이했다. 단체 방문이 아니어서 그런지 검색대 앞 줄은 길지 않았고, 대부분은 양복을 입고 서류 가방을 든 직장인들이었다. 이 줄에서 여행객처럼 보이는 사람은 나밖에 없는 듯했는데, 기다리는 내내 과연 여기로 들어가는 게 맞는지, 들어갈 수 있기는 한 것인지 걱정되기도 했다. 그러나 다행히 입장에 대한 제재는 가해지지 않았고 공항 못지않은 엄격한 짐 검사 끝에 유엔 땅에 발을 들일 수 있었다.

막 보안 검색대를 통과하던 그때, 뒤에서 누군가 뛰어오더니 말을 걸었다. 전형적인 회사원 차림의 그는 인도네시아 내지 파키스탄계처럼 보였고 유엔에서 근무하는 직원인 듯했다. 내가 서 있는 곳이 세계에서 가장 안전한 지역 중 하나이기에 딱히 경계심은 들지 않았다. 묻는 질문에 간단히 대꾸해 주고 내 갈 길 가려던 찰나 그가 '시크릿 빌딩'(secret building)을 보고 싶지 않냐며 본인이 보여 주겠다고 제안해 왔다. 사람의 심리가 자꾸 '시크릿, 시크릿' 하는데 궁금할 수밖에 없지 않은가. 나는 망설임 없이 당연히 "예스, 땡큐"라고 답했다. 그가 말하는 시크릿 빌딩으로 향하는 동안 이스트강변의 아름다운 풍경이 펼쳐졌고, 속이 뻥 뚫리는 푸른 강물을 배경으로 여러 장의 사진도 남겼다.

또 다른 검색대를 한 번 더 통과하고 그의 도움으로 방문증을 발급받은 뒤, 마침내 시크릿 빌딩에 입장할 수 있었다. 건물에 들어선 후 우리는 헤어짐의 인사를 나누었고 나는 본격적인 구경에 앞서 한적한 로비를 둘러보았다. 딱히 특별할 건 없어 보이는 평범한 오피스 건물인데 뭐가 시크릿이라는 건지 의아했다. 기록이나 남기자 싶어 카메라를 꺼내 사진을 찍고 있는데 어디선가 보안 요원이 등장했다. 그리고 무서운 표정과 딱딱한 말투로 다다닥 쏟아내기 시작했다.

"여기 어떻게 들어왔어? 누가 들여보내 줬어? 사진 찍은 거 지워라! 여권 내놔!"

"뭐, 여권???"

여권을 내놓으라는 말에 순간 정신이 번쩍 들고 눈앞이 깜깜해졌다. '뉴욕에 온 지 얼마 안 됐는데', '어디 불려 가서 조사받는 걸까', '강제 출국 조치되어 다시 입국하지 못하는 건 아니겠지', '유엔에서 쫓겨난 한국인으로 뉴스에 나오면 어쩌지' 등등. 그동안 영화에서나 봤던 무시무시한 장면들이 아주 짧은 순간 스쳐 지나갔다. 보안 요원의 강압적인 말에 나는 서둘러 시크릿 빌딩 안에서 찍었던 사진들을 지우고 여권을 건넸다. 그리고 보안 요원을 따라 건물을 나서며 연신 "몰랐다, 미안하다, 여권은 돌려줘라" 하며 애원했다. 여전히 그의 손에 들린 나의 소중한 여권을 애처로이 바라보며.

같이 걸어가는 동안 보안 요원이 여기 왜 왔냐고 묻길래 나는 그저 엽서를 보내려고 왔을 뿐이라고 답했다. 그의 눈에는 유엔 직원도 아니고, 회의 참석차 온 초청객도 아니고, 그렇다고 투어 그룹도 아닌 동양인 여자가 홀로 여기저기 돌아다니고 있으니 뭔가 싶었을 것이다. 보안 요원이 나를 데려간 곳은 시크릿 빌딩과는 분위기가 완전 다른, 사람들이 북적이는 건물이었다. 어두컴컴하고 폐쇄된 취조실 같은 데로 갈까 봐 노심초사하던 차에 조금은 긴장이 풀렸다. '이제 어떻게 되는 거지?' 걱정되는 마음으로 보안 요원을 바라보니 다행히도 여권을 돌려주면서 본인은 그리스인이라며 자기소개를 하기 시작했다. 거기에 갑자기 구경을 시켜 주겠다며 내게 따라오라고 손짓하는 것이다. 알고 보니 그가 데려온 이 건물이 원래 내가 왔어야 하는 목적지였다. 유엔의 가이드 투어가 이루어지고 우체통이 있는 바로 그곳이었다.

남들이 보면 어디 잡혀가는 걸로 보였을 수도 있을 만큼 완전 무장한 보안 요원을 따라 걷기 시작했다. 처음엔 '혹여나 거절했다 다시 여권을 빼앗기지는 않을까' 하는 마음에 따라간 것도 있었다. 그러나 여기저기 안내하며 열심히 설명해 주고 사진도 나서서 찍어 주는 친절한 그를 보니 만감이 교차했다. 이래도 되는 건가 싶기도 했지만 덕분에 건물 곳곳을 둘러보고 아무도 없는 텅 빈 유엔 본부 대회의장을 홀로 온전히 만끽할 수 있었다. 마지막까지 친절함을 발휘한 그는 나를 지하에 있는 우체국까지 데려다주고 본인의 업무로 복귀했다.

그날의 기억은 지나고 보니 뉴욕에서 가장 파란만장했던 에피소드로 남았다. 호기심으로 시작해서 두려움에 떨다가 마지막은 해피엔딩으로 끝난 스토리. 예기치 못한 인물들의 등장으로 안 겪어도 됐을 경험을 하고 못 봤을 수도 있는 것을 보고 사진으로 남겼다. 외부인은 접근 불가능한 건물로 나를 데리고 들어가 준 의문의 직장인 덕분에 아름다운 맨해튼 이스트강변 뷰를 마주할 수 있었고, 무서운 얼굴로 왔다가 나만의 가이드가 되어 준 친절한 그리스인 덕분에 1 대 1 맞춤 유엔 본부 투어를 할 수 있었다. 그러나 지금 다시 생각해도 이런 살 떨리는 경험은 한 번이면 족하다.

고맙다. 유엔의 직원들이여!

TIP. 유엔 본부 가이드 투어

한국어를 포함한 다양한 언어로 가이드 투어를 진행한다. 약 1시간가량 소요되며 사전에 공식 사이트에서 예약 가능하다.(www.un.org/visit) 유엔을 방문한다면 반드시 가이드 투어를 이용하길 바란다. 과장을 조금 보태어 혼자서 갈 수 있는 곳은 기프트 숍과 우체국밖에 없을 정도로 제한적이다. 또한 유엔은 미국 외 영토이기에 여권 지참은 필수다.

New York

브로드웨이 뮤지컬 제대로 즐기기

브로드웨이는 뉴욕 맨해튼 타임스 스퀘어 주변을 비스듬히 가로지르는 대로다. 이 거리에는 크고 작은 각종 공연장과 극장, 상점, 화려한 전광판이 늘어서 있으며 미국뿐 아니라 세계에서 가장 관광객이 많이 찾고 붐비는 지역이기도 하다. 단순히 거리 이름이었던 브로드웨이가 어느덧 공연 문화의 상징이 되어 영국의 웨스트엔드와 함께 뮤지컬 하면 떠오르는 고유 명사처럼 자리 잡았고, 많은 이들이 브로드웨이가 있는 뉴욕을 뮤지컬의 본고장이라 칭한다.

뉴욕을 방문했다면 적어도 브로드웨이 뮤지컬 한두 편 정도는 봐 줘야 뉴욕 여행 좀 했다 이야기할 수 있다. '나는 그런 거 보는 데 시간 낭비하고 싶지 않아, 돈 아까워'라고 말하는 사람도 있을 수 있다. 하지만 직접 브로드웨이에서 오리지널 뮤지컬을 보게 된다면 대사를 알아듣든 못 알아듣든, 공연 보는 걸 좋아하든 싫어하든 그것은 중요한 게 아니라는 걸 깨닫게 될 것이다. 할까 말까 하면 하고, 갈까 말까 하면 가라는 말이 있다. 해도 후회, 안 해도 후회면 일단 해 보고 후회하는 것도 나쁘진 않다.

브로드웨이에서 꼭 봐야 할 뮤지컬을 하나 꼽으라면 그건 당연코 〈라이온 킹〉이다. 전 세계에서 가장 인기 있는 뮤지컬 중 하나인 〈라이온 킹〉은 오랜 세월이 지나도 여전히 막강한 티켓 파워를 자랑한다. 남녀노소 불문하는 장르에 그 명성이 워낙 자자하여 로얄석은 두세 달 전부터 예매해야 한다는 이야기까지 있을 정도다. 뉴욕 여행을 준비하며 〈라이온 킹〉은 꼭 가장 좋은 자리에서 봐야지 결심했고, 나는 이곳에서의 첫 공식 일정을 〈라이온 킹〉 티켓 예매하기로 정했다. 숙소를 타임스 스퀘어 근처로 잡은 것도 브로드웨이 뮤지컬이 어느 정도 영향을 미친 결과라 할 수 있다.

한 달 동안 체류하는 시간 많은 여행자이기에 온라인 대신 현장 예매를 하고자 〈라이온 킹〉이 상영되는 민스코프 극장으로 향했다. 타임스 스퀘어 한복판에 자리 잡은 전용 극장에 들어서니 박스 오피스가 바로 보였고, 사람 좋아 보이는 표정을 한 노련한 직원이 그곳을 지키고 있었다. 이 사람이면 믿을 수 있겠다

HOLD THE PHONE
LOL
GIFTS • LUGGAGE
THE LION KING
$46

MINSKOFF THEATRE
THE LION KING
THE LION KING
MINSKOFF THEATRE
MINSKOFF THEATRE

싶어 나는 질문을 던졌다.

"가장 좋은 자리가 남아 있는 날이 언제인가요?"

역시나 친절해 보이던 그 직원은 이 자리는 뭐가 좋고 저 자리는 뭐가 좋은지 정성스레 추천해 주었고 나는 그중에서 가장 마음에 드는 자리가 있는 날로 예약하고 돌아왔다. 이런 정석적 예매 방식 외에도 브로드웨이 뮤지컬을 보는 방법에는 여러 가지가 있다. 그중 하나가 '로터리', 말 그대로 추첨을 하는 것이다. 공연 당일 정해진 시간에 해당 뮤지컬을 상영하는 극장에서 응모 가능하며 당첨되면 저렴한 가격에 티켓을 구입할 수 있다. 바로 나와 같이 브로드웨이 근처에 사는 데다 남는 게 시간밖에 없는 사람이 이용하기 좋은 방법이다.

목표로 했던 〈라이온 킹〉을 보고 나니 공연 관람에 대한 갈증이 더욱 깊어졌고 뉴욕까지 와서 뮤지컬을 하나만 보고 가기에는 너무 아쉬운 느낌이 들었다. 그래서 브로드웨이 인기 뮤지컬인 〈위키드〉를 로터리 운에 맡겨 보기로 했다. 되든 안 되든 시도해 보는 것만으로도 경험과 추억이 될 것이고, 로터리 추첨에 당첨되지 못해도 제 돈 주고 볼 만한 작품이기에 후회는 없을 것이라 생각했다. 공연 시작 2시간 30분 전에 극장 앞에 도착하니 나처럼 로터리를 하러 온 사람들로 북적이고 있었다. 안내에 따라

종이에 이름과 인원을 적어 응모를 했고 30분간의 응모 시간이 끝나자 그 자리에서 바로 추첨이 진행됐다. 쇼맨십을 발휘하며 진행 요원이 한 명 한 명 당첨자의 이름을 호명했고, 이제 남은 자리는 단 하나. 이번에는 운이 없나 보다 생각하던 그 순간, 나의 이름이 마지막으로 불렸다. 그날의 로터리 도전 성공으로 나는 단돈 30불에 뮤지컬 〈위키드〉를 그것도 맨 앞자리에서 관람할 수 있었다.

뉴욕에서 본 두 편의 뮤지컬 〈라이온 킹〉과 〈위키드〉는 브로드웨이에서 가장 오랫동안 많은 사람들의 사랑을 받고 있는 작품이다. 운 좋게도 두 작품 모두 좋은 자리에서 관람할 수 있었는데, 먼저 〈라이온 킹〉은 직원이 추천해 준 좌석으로 무대에서 5~6줄 정도 떨어진 정중앙 자리였다. 이리저리 눈을 굴리고 고개를 돌리지 않아도 무대가 한눈에 들어오니 손에 꼽히는 명당이 분명했다. 〈위키드〉는 내가 선택했다기보단 주어진 자리로 중앙 맨 앞줄이었다. 배우들의 미세한 표정 연기, 숨소리 그리고 무대 바로 밑에서 펼쳐지는 오케스트라 연주자들의 신들린 듯한 손놀림까지 보였다. 무대 아래 그런 공간이 있다는 것도 놀라웠지만 배우들의 연기에 맞춰 진행되는 라이브 연주는 더욱 충격으로 다가왔다. 무엇보다 보이지 않는 곳에서 펼쳐지는 지휘자의 열정적인 움직임은 무척이나 인상적이었다.

직접 보고 듣고 느끼고 나니 뉴욕 브로드웨이가 뮤지컬의 본고장이라는 수식어에 조금의 과장도 없음을 깨달았다. 백문이 불여일견이라는 말처럼 무엇이든 직접 경험해 봐야 그 진정한 가치를 알 수 있다. 배우, 무대, 사운드, 관객 이 모든 것이 혼연일체를 이루어야 완벽한 공연이 만들어지고, 그런 기적은 뮤지컬의 본고지이자 전용 극장이 있는 브로드웨이에서만 가능하다. 이런 연유로 '브로드웨이에서 뮤지컬을 보지 않고 뮤지컬을 논하지 말라.' 감히 이야기하겠다.

New York

옥션 하우스에서
예술 작품 감상하기

예술 작품을 감상하는 방법에는 여러 가지가 있다. 가장 일반적으로 박물관이나 미술관, 개인이 운영하는 갤러리 등의 전시를 떠올리겠지만 알지 못하면 즐길 수 없는 특별한 장소가 있다. 바로 '옥션 하우스'다. 대부분의 경매 회사에서는 수시로 다양한 미술품, 보석, 골동품, 사진, 와인 등을 전시하며 무료로 일반인에게 개방한다. 누구나 알 만한 대작부터 명품, 개인의 아주 사적인 애장품까지 경매장에서 즐길 수 있는 예술품은 대중적인 뮤지엄보다 그 종류가 훨씬 다채롭다. 게다가 일부 작품은 본격적인 경매에 앞서 대중에게 먼저 공개하는 프리뷰를 진행한다. 이는 누군가의 전유물이 되기 전 마지막으로 직접 눈에 담고 즐길 수 있는 순간이기도 하다.

세계 미술 시장에서 주류를 형성하며 양대 산맥을 이루는 경매사는 '크리스티'(Christie's)와 '소더비'(Sotheby's)다. 두 회사는 영국 런던을 시작으로 미국, 유럽, 아시아 등지에서 옥션 하우스을 운영하며 다양한 장르의 경매품을 대중에게 선보인다. 그리고 뉴욕에는 크리스티도 있고 소더비도 있다. 바로 세계 최고의 경매사 소더비와 크리스티에서 엄선하여 선보이는 작품을 둘러보고 그 분위기를 느낄 수 있는 기회가 있다는 의미다. 잘 차려입을 필요도 굳이 경매에 참여할 필요도 없다. 필요한 건 오로지 뉴욕에 있는 '나'이다.

크리스티 경매장은 뉴욕의 랜드마크이자 관광객들의 필수 코스로 꼽히는 록펠러 센터(Rockefeller Center) 근처에 있다. 그러다 보니 굳이 찾아가지 않아도 오다가다 들르기 편하다. 나 역시 크리스티 경매장 방문을 위한 일정을 사전에 따로 준비하지 않았다. 뉴욕 5번가에서 쇼핑을 한 뒤 록펠러 근처 레스토랑에서 식사를 하고 나와 걷는데 우연히 크리스티가 보인 것이다. 애써 찾지 않아도 한 번쯤은 지나칠 만한 그런 곳에 크리스티는 자리하고 있다.

건물 안으로 들어서니 간편한 복장을 한 사람들이 자유롭게 내부를 둘러보고 있었다. 로비 한편에는 작은 음료 바(beverage bar)가 마련되어 있었고 식후 커피나 마실 겸 카페 라테를 주문했는데 직원이 돈을 받지 않았다. 알고 보니 크리스티에서는 관람객들을 위한 커피와 차를 무료로 제공하고 있었던 것이다. 이 얼마나 아름다운 서비스인가!

크리스티에서 사람들은 어떠한 위화감도 느껴지지 않는 편안함 속에서 전시된 예술품을 구경하기도 하고, 차 한잔 들고 의자에 앉아 담소를 나누기도 하며 저마다의 시간을 보낸다. 나도 한 자리 차지하고 앉아 라테 한 모금을 들이키며 잠시 크리스티 분위기의 한 축을 담당해 봤다.

어퍼 이스트 끝자락에 위치한 소더비 경매장은 크리스티와는 달리 찾아가는 노력이 필요하다. 전형적인 오피스빌딩에 자리하고 있기 때문에 건물 내부는 정장 차림의 직장인들이 주를 이루고 전반적으로 포멀한 분위기를 자아낸다. 소더비에 들어서자마자 가장 먼저 눈에 띄는 것은 로비층에 있는 소더비 와인숍이었다. 와인을 좋아하는 1인으로서 이곳의 와인 컬렉션을 보는 것만으로도 전 세계 와인 산지로 여행을 떠나는 기분이었다. 소더비에서 판매하는 와인이라니! 뉴욕의 소더비 컬렉션은 주제별로 층층이 나뉘어 전시되고 있었으며 전반적으로 크리스티보다 규모가 컸다. 옥션 하우스가 아닌 하나의 단일 갤러리라 해도 부족하지 않을 듯하다.

이 건물 10층에 있는 카페는 여기까지 왔다면 빼놓지 말고 들러야 하는 곳이다. 소더비를 둘러본 뒤 올라가 먹는 커피와 달콤한 페스츄리는 이곳에서의 완벽한 마무리로 안성맞춤이다. 미술품 관람이 아닌 카페를 방문하기 위해 소더비를 방문해도 괜찮을 만큼 커피 맛이나 분위기가 여타 전문점 못지않다.

영화 속에 나오는 경매 현장을 생각하며 '엄청 차려입고 가야 하는 거 아냐?'라고 할 수도 있지만 그건 일부 VIP들을 위한 초청 행사에 해당되는 이야기다. 경매를 참관하거나 전시품을 관람하는 데 비용은 전혀 들지 않는다. 오히려 무료 다과를 제공하여 떨어진 집중력을 채워 주기도 한다. 그저 자연스러운 모습으로 왔다 자연스럽게 떠나면 된다. 옥션 하우스에서 필요한 건 매너와 약간의 관심이면 충분하다.

뉴욕에는 크리스티도 있고 소더비도 있다. 정말 멋진 도시다!

TIP. 경매에 참여하는 법

경매 참관은 살면서 한 번쯤은 해 볼 만한 색다른 경험이다. 사전에 홈페이지를 통해 경매 일정이나 이벤트를 확인해 보자. 오픈하지 않는 날들도 있으니 헛걸음을 하지 않으려면 필수다.

1. 경매사 홈페이지에 접속한다.
   - 크리스티(www.christies.com)
   - 소더비(www.sothebys.com)
2. 회원 가입을 한다.
3. 경매 일정을 확인한다.
4. 보고 싶은 경매품과 장소, 날짜, 시간 등을 확인한 후 신청한다.

Sotheby's
WINE

THE
MET

New York

내가 미술관에 가는 또 다른 이유

'너는 미술관에 작품만 보러 가니?' 이 물음에 대답을 하자면 당연히 미술관에 방문하는 기본 목적은 예술 작품 감상이라 하겠다. 그러나 뮤지엄에 있는 전시품들을 전부 돌아보고 온전히 감상하여 제대로 이해하기 위해서는 하루 종일은커녕 몇 날 며칠을 투자해도 부족하다. 아무리 문화 예술에 조예가 깊고 관심이 많은 사람이라도 단기간에 이 모든 것을 해내기는 육체적, 정신적으로 지치고 고된 일이다. 보통의 관광객 입장에서는 사실상 이름만 대면 누구나 다 알 만한 미술관에 가 봤다 해도 그것이 진정한 의미의 방문이 될 수 없는 이유다.

그렇다면 개개의 작품에 전부 눈도장을 찍어야겠다는 생각 대신 뮤지엄 자체를 즐겨 보는 건 어떨까? 다행히 나에게는 뉴욕에서 한 달이라는 시간이 있었고 한 번에 모든 것을 다 봐야겠다는 마음은 애당초 존재하지 않았다. 그런 여유를 가지고 돌아보다 보니 각각의 뮤지엄에는 유명 작가의 그림이 아니더라도 방문할 만한 또 다른 이유가 있었다.

뉴욕에는 세계적인 미술관, 박물관, 갤러리 등이 즐비하다. 그중에서도 'The Met'으로 잘 알려진 '메트로폴리탄 미술관'(The Metropolitan Museum of Art)은 세계 5대 박물관으로 미국 최대의 규모를 자랑하며, 뉴욕에서 빼놓지 말고 방문해야 할 곳 중 하나다. The Met은 뮤지엄 규모에 걸맞게 소장 작품 수도 광범위하여 이곳을 하루 만에 둘러본다는 건 있을 수 없는 일이다. 애초에 한 번의 방문으로 이곳의 작품을 다 본다는 것은 불가능하기에 나는 틈나는 대로 미술관을 드나들었다. 내가 머물 때만 해도 메트로폴리탄 미술관은 1달러든 10달러든 원하는 금액만 내면 입장할 수 있는 기부 입장 시스템이었다. 그러다 보니 길을 걷다 화장실이 가고 싶을 때도 나는 The Met으로 향했다. 뉴욕에서만 누릴 수 있는 1달러의 사치다.

이곳에서 내가 제일 좋아하는 장소는 루프톱이다. 의외로 아는 사람이 많지 않은 메트로폴리탄 미술관의 루프톱은 뉴욕 최고의 스카이라인을 자랑한다. 들어서는 순간 펼쳐지는 파란 하늘과 하얀 구름 그리고 고층 빌딩이 어우러져 빚어내는 풍경에 나도 모르게 탄성을 자아냈다. 따스한 햇살 아래 방문객들은 나무 벤치에 앉아 뉴욕의 하늘을 담으며 여유를 즐기고 있었다. 그들은 진정한 관람의 의미를 아는 사람들이었고 그곳의 풍경은 The Met에서 만난 최고의 작품이었다. 한편엔 작은 음료 바도 마련되어 있어 마른 목을 축이며 쉴 수도 있다.

메트로폴리탄 미술관의 루프톱은 그 자체만으로도 충분히 방문할 가치가 있다. 맨해튼의 고층 건물과 하늘이 만나 뉴욕 최고의 광경을 선사하는 아름다운 곳이지만, 누구나 알진 못하는 히든 플레이스다. 그리고 굳이 매번 비싼 돈을 내고 전망대를 방문하지 않아도 된다는 것을 깨닫게 해 준 뉴욕에 있는 나의 아지트다.

메트로폴리탄 미술관을 방문했다면 당일 입장권으로 포트 트라이언 파크에 있는 분관 '더 멧 클로이스터'(The Met Cloisters)에 무료입장이 가능하다. 이곳에서는 중세 유럽의 미술품과 건축 양식, 정원을 볼 수 있는데 박물관이라기보단 유럽의 어느 고성을 산책하는 듯한 기분을 느끼게 한다.

메트로폴리탄 미술관과 함께 뉴욕에서 꼭 방문해야 할 뮤지엄을 꼽으라면 당연 '뉴욕 현대 미술관'(The Museum of Modern Art)이다. 우리가 흔히 '모마'(MoMA)라 부르는 이곳은 세계

에서 가장 영향력 있는 현대 미술관으로 순수 미술에 국한되지 않고 건축과 디자인, 영화와 비디오, 사진 등 다양한 장르의 예술 작품을 아우른다. 특히 피카소와 반 고흐, 살바도르 달리와 앙리 마티스, 앤디 워홀 등 미국과 유럽 등지 유명 작가의 작품을 소장하고 있어 항상 많은 방문객들로 붐빈다.

보유 컬렉션만으로도 명성이 자자한 MoMA지만 이곳을 방문해야 할 또 다른 이유는 '모마 디자인 스토어'(MoMA design store) 때문이다. 이 스토어에서는 뉴욕 현대 미술관이 엄선한 디자인 상품을 진열하여 판매하고 있는데 여기 한 곳만 둘러봐도 하루가 금방 간다. 도서부터 의류, 문구류, 컬래버레이션 제품 등 전시 작품들을 활용한 다양한 굿즈로 가득 채워져 마치 어른들의 놀이터 같다. 여타 뮤지엄 숍보다 그 규모와 종류가 상당한 탓에 볼거리는 많지만 충동구매로 지갑이 얇아질 수 있다는 단점도 있다.

뉴욕 뮤지엄 마일에 위치한 '노이에 갤러리'(Neue Galerie)는 구스타프 클림프와 20세기 초 오스트리아 및 독일의 미술 작품을 소장하고 있으며 비교적 크지 않은 규모로 부담 없이 둘러보기 좋다. 세계에서 가장 비싼 초상화로도 잘 알려진 클림프의 대표적 황금빛 색채의 작품 〈아델레 블로흐-바우어의 초상〉(Portrait of Adele Bloch-Bauer, 1907)만으로도 전 세계에서 많은 이들이 노이에 갤러리를 찾는다.

클림프의 작품 외에도 이 작은 갤러리가 유명한 또 다른 이유는 1층에 있는 오스트리아 레스토랑 '카페 사바스키'(Café Sabarsky) 때문이다. 아메리카노 위에 부드러운 생크림이 뒤덮인 비엔나커피와 다양한 종류의 케이크가 이곳의 시그니처 메뉴로 뉴욕에 왔다면 한 번쯤 맛볼 만하다. 다소 금액대는 있지만 직원들의 극진한 서비스와 중후한 오스트리아식 인테리어는 뉴욕에서 즐길 수 있는 색다른 재미다.

현대의 뮤지엄들은 전시 외에도 레스토랑, 카페, 서점, 아트숍 등 다양한 부가 기능을 제공하고 있고 뉴욕에는 크고 작은 뮤지엄이 즐비하다. 그건 볼거리, 먹거리, 즐길 거리 등이 생각보다 더 많다는 아주 간단하면서도 중요한 뜻을 내포하는 것이기도 하다. 내 앞에는 무궁무진한 경험과 선택의 기회가 놓여 있었고 의무감에 짓눌려 동선에 맞춰 혹은 인파에 밀려 잘 알지도 못하는 그림 앞에 서 있는 대신 그곳에 있다는 사실 자체를 즐기기로 했다. 뉴욕에서 나는 앉아서 쉬려고 미술관에 가고, 먹으러 미술관에 가고, 윈도 쇼핑하러 미술관에 갔다.

TIP. 뉴욕 예술의 거리가 궁금하다면

뉴욕 뮤지엄 마일(New York Museum Mile)

센트럴 파크에 인접한 뉴욕 5th Avenue, 82nd부터 105th Street까지 일렬로 늘어선 9개의 박물관과 미술관이 있는 구역이다. 대표적으로 메트로폴리탄 미술관, 노이에 갤러리, 구겐하임 미술관, 유대인 박물관 등이 있으며 매년 6월엔 뮤지엄 마일 페스티벌을 개최하여 무료입장을 포함한 다양한 문화 예술 행사를 진행한다. 날씨 좋은 날 뮤지엄 마일을 따라 어퍼이스트사이드 산책을 하며 각각의 개성을 지닌 뮤지엄 건물 외관을 감상해 보자.

New York

상상 속 미국 명문대 캠퍼스 탐방기

입시를 준비하는 대부분의 학생들은 학업 의욕 증진과 목표 의식 향상을 위해 대학교 탐방을 계획하곤 한다. 그날의 기억은 이렇다. 교복은 잠시 뒤로하고 마치 어른인 양 차려입은 뒤 설레는 마음으로 친구들과 함께 원하는 대학교에 방문했다. 이리저리 바삐 고개를 돌리며 캠퍼스를 거닐고 학생 식당에 들어가 학식을 먹고 부러운 눈으로 대학생들을 흘끔흘끔 훔쳐보며 여기저기서 사진도 남겼다. 집으로 돌아가는 길, 대학생이 되어 한 손엔 두꺼운 책을 끼고 캠퍼스를 거니는 미래의 나의 모습을 상상했다. 그리고 그날 밤, 오늘의 경험을 원동력 삼아 이 아름다운 학교의 당당한 일원이 되기 위해 더 열심히 공부에 매진하자 다짐하며 잠이 들었다. 아마 나의 기억과 크게 다르지 않은 이런 경험이 분명 한 번쯤은 있을 것이다.

고등학교를 졸업 한 지는 한참이고 대학교를 졸업하고도 몇 년이 지났지만 나의 캠퍼스 투어는 여전히 끝나지 않았다. 왜냐하면 내가 뉴욕에 있기 때문이다. 뉴욕에는 우리가 아는 것보다 훨씬 많은 '칼리지'(college)와 '유니버시티'(university)가 있다. 그중에서도 전 세계적으로 가장 널리 알려진 뉴욕 최고의 인기 학교는 논란의 여지없이 '컬럼비아대학교'(Columbia University)와 일명 NYU로 일컫는 '뉴욕대학교'(New York University)다. 미국 드라마 〈가십걸〉(Gossip Girl)에서 여주인공 블레어가 뉴욕대학교에 합격했지만 컬럼비아대학교로 편입하려고 했던 것을 기억하는가? 드라마 스토리에서도 한 축을 담당할 만큼 두 학교 모두 교육의 장을 넘어서는 자타공인 뉴욕의 대표적 랜드마크로 수많은 학생들이 입학하고 싶어 안달이 난 뉴욕의 자랑이다. 뉴욕에는 컬럼비아대학교와 뉴욕대학교가 있고, 나는 뉴욕에 있다. 졸업과 함께 학생이라는 신분을 벗어던졌지만 도저히 방문하지 않을 수 없는 필요충분조건이 만들어졌다. 뉴욕에서 하는 대학 캠퍼스 탐방이라니!

세계에서 가장 변화하고 바쁘게 돌아가는 도시 중 하나인 뉴욕에서 컬럼비아대학교와 뉴욕대학교가 차지하는 위상은 학교 그 이상이다. 두 대학교는 모두 뉴욕의 상징으로 자리 잡아 수많은 방문객을 대학가로 불러들이고 있으며 누군가에겐 목표가 되기도 한다. 또한, 컬럼비아대학교와 뉴욕대학교는 위치부터 캠퍼

스, 인기 전공 등 많은 부분에서 각각의 개성을 뽐내며 비교하는 재미를 준다.

일단 뉴욕 맨해튼 북쪽에 위치한 컬럼비아대학교는 미국 북동부 8개의 명문 사립 대학을 일컫는 아이비리그 중 하나로 전 세계적으로도 손꼽히는 학교다. 미국 최초의 흑인 대통령이었던 버락 오바마 전 대통령을 포함하여 3명의 미국 대통령을 배출한 것으로도 유명하며, 투자의 귀재 워런 버핏(Warren Buffett)도 컬럼비아 출신이다. 배출한 인물들의 면면만 봐도 이 학교가 얼마나 대단한 곳인지 어림짐작할 수 있다.

컬럼비아대학교를 찾아가는 길은 어렵지 않다. 지하철을 타고 116 스트리트 컬럼비아 유니버시티역에 내리면 바로 보이기 때문에 길치인 나에게도 난이도 '하'에 해당되었다. 처음엔 우범 지역인 할렘가의 경계에 있어서 무서운 동네면 어쩌지 하는 걱정이 살짝 들었다. 그러나 다행히도 학교 주변은 지하철 출구부터 깔끔하게 정돈된 도로와 대학가 상점들, 학교 정문을 오가는 학생들과 교수들이 '여기가 컬럼비아다'라는 걸 뽐내며 고요하면서도 짙은 학구적인 분위기를 풍겼다. 다만 중심가와 조금 떨어져 있는 탓에 외부인이 그냥 지나가다 들릴 만한 곳은 아니었다.

푸르른 잔디와 여러 개의 웅장한 부속 건물들로 이루어진 캠퍼스는 우리나라 기준으로는 작아 보일 수 있으나 땅값 비싸기로 유명한 뉴욕 맨해튼이라는 것을 감안한다면 제대로 된 모양새를 갖춘 학교였다. 다양성을 추구하는 학풍답게 인종과 나이를 초월한 학생들이 함께 어우러져 학교 생활을 즐기는 모습이 특히 인상적이었다. 도서관 앞에 앉아 책 읽는 학생들, 단체티를 맞춰 입고 운동하는 학생들, 넓고 푸른 캠퍼스를 거닐며 담소를 나누는 학생들 그리고 나처럼 대학교 탐방을 온 방문객들까지. 컬럼비아대학교는 내 상상 속의 전형적인 미국 명문 학교 모습 그대로였다.

컬럼비아대학교가 맨해튼 북쪽에 있다면 그 반대편인 남쪽에는 뉴욕대학교가 있다. 미드타운에서 도보로 이동하기 나쁘지 않은 위치로 유동 인구가 많고 볼거리가 많아 천천히 구경하며 걷기 좋다. 사실 뉴욕대학교를 목적지로 하고 출발하였으나 도착하니 살짝 당혹감이 들었다. 분명 학교 앞에 도착했는데 입구가 안 보이는 것이다. 알고 보니 뉴욕대학교는 우리가 일반적으로 생각하는 대학교처럼 정문을 통과하면 학교 건물이 나타나는 캠퍼스가 아니었다. 메인 캠퍼스는 그리니치 빌리지의 워싱턴 스퀘어 파크를 중심으로 흩뿌리듯 펼쳐져 있는데, 길을 걷다 건물에 보라색 깃발이 나부끼면 그게 바로 뉴욕대학교다. 그러다 보니 전형적인 대학교 캠퍼스를 기대하고 왔다가 실망하는 사람도 적지 않다고 한다. 어디부터 어디까지가 뉴욕대학교인지는 알 수 없지만 확실한 건 개별 건물이 굉장히 많다는 사실이다. 실제로 분명 메인

NYU
NYU

캠퍼스에서 멀어진 것 같은데 여전히 뉴욕대학교 깃발이 붙어 있는 건물을 종종 목격할 수 있었다.

뉴욕대학교에서는 우리의 기대에 부응하는 녹색 푸르른 잔디밭과 멋들어진 캠퍼스 건물은 볼 수 없다. 그러나 캠퍼스 주위로 뉴욕의 대표적인 공원인 워싱턴 스퀘어 파크와 트렌디한 상점들이 즐비하게 펼쳐져 있다는 것은 나름의 장점이다. 굳이 멀리 나가지 않아도 학교 앞에서 뉴욕의 낮과 밤 문화와 예술을 향유하고 누릴 수 있는, 흔히 말하는 번화가에 자리 잡고 있는 것이다. 곳곳에 흩어져 있는 뉴욕대학교의 캠퍼스 건물은 좁은 맨해튼 땅에서 빌딩숲과 어우러져 살아가는 그들만의 방식을 잘 보여 준다. 학생들은 수업을 듣기 위해 이 건물 저 건물로 이동하며 거주민, 직장인, 관광객들 속에 섞여 각자의 스타일로 캠퍼스 생활을 누리고 있었다.

주변 환경만 놓고 본다면 컬럼비아대학교는 우리나라 고려대학교 느낌이고, 뉴욕대학교는 연세대학교 같은 느낌이다. 무엇이 낫다 단정 지을 순 없다. 그저 두 학교가 최선의 방식으로 운영되고 있고 학생들은 그에 맞춰 공부를 하며 대학교 생활을 즐길 뿐이다. 확실한 것은 컬럼비아대학교와 뉴욕대학교가 미국을 넘어 전 세계 학생들의 꿈이라는 것이다. 그리고 두 학교는 모두 뉴욕에 있다. 이것만으로도 뉴욕을 방문할 이유는 충분하다.

New York

무료 페리에서 보는 자유의 여신상

물가 비싸기로 둘째가라면 서러운 뉴욕이지만 잘 알아보면 큰 비용을 들이지 않고도 즐길 수 있는 몇 가지 유용한 활동들이 있다. 가장 일반적으로 널리 알려진 것 중 하나는 뉴욕 현대 미술관, 휘트니 뮤지엄, 프릭 컬렉션 같은 유명 뮤지엄들의 무료입장이다. 해당 뮤지엄들은 특정 요일, 특정 시간 이후에 일반인에게 무료로 개방하여 누구든 편히 들어와서 전시를 관람할 수 있도록 하고 있다. 이외에도 세계 최고의 예술 대학 중 하나인 줄리아드 스쿨에서는 댄스, 연주회, 연극 등 다양한 공연 일정을 홈페이지에 게시하고 있는데 대부분 무료로 예약 가능하다. 여름의 뉴욕 곳곳에선 풍성한 야외 문화 행사가 개최되며, 그중 센트럴 파크의 셰익스피어 공연과 브라이언트 파크의 야외 영화 상영이 특히 인기 있다.

그리고 또 한 가지. 뉴욕 하면 가장 먼저 떠오르는 게 무엇일까? 뉴욕을 방문했다면 빼놓지 말고 봐야 할 게 뭐가 있을까? 여러 정답이 있겠지만 '자유의 여신상'(Statue of Liberty)에 이견을 다는 사람은 없을 것이다. 머리에는 7개 뿔이 달린 왕관을 쓴 채 오른손에는 횃불을 높이 치켜들고 왼손엔 독립선언서를 안고 있는 이 거대한 여신상을 모르는 사람이 있을까? 일명 아메리칸 드림의 상징이자 유네스코 세계 유산으로 지정된 자유의 여신상은 뉴욕에서 절대 놓치면 안 될 특권 중 하나다.

자유의 여신상을 보지 않고 '뉴욕에 가 봤다'라는 말을 할 수 없을 만큼 도시의 대표적인 랜드마크를 내세운 값비싼 관광상품이 뉴욕 방문객들을 유혹한다. 그러나 어떠한 비용이나 예약 없이도 리버티 섬에 세워진 자유의 여신상을 무료로 볼 수 있는 방법이 있다. 바로 뉴욕시의 교통수단 중 하나인 페리를 이용하는 것이다. 뉴욕에는 맨해튼과 스태튼 아일랜드를 오가는 24시간 통근용 페리가 있다. 편도로 25분 정도 걸리며 이용 요금은 무료다. 그리고 이 페리를 타면 편도도 아니고 무려 왕복으로 자유의 여신상을 관람할 수 있다.

스태튼 아일랜드 페리를 타기 위해 맨해튼 남단에 있는 페리 터미널로 향했다. 터미널 주변은 통근객과 관광객 그리고 유니폼 차림의 직원들로 붐비고 있었다. 그때 마치 뉴욕시 직원인

Staten Island Ferry

양 'STAFF'라고 적힌 조끼를 입은 사람이 내게 다가와 물었다.

티켓 있어?

아니.

돈 내. 37달러야.

???

순간 내가 잘못된 정보를 알았나 싶어 티켓을 구매해야 하는 줄 알고 지갑을 꺼낼 뻔했다. 알고 보니 자유의 여신상 크루즈 상품을 판매하는 업체들이 조끼를 입고 관광객을 대상으로 호객 행위를 하는 것이었다. 다행히 정신을 차리고 만고불변 여행의 진리인 사람들이 많이 가는 곳으로 따라가다 보니 스태튼 아일랜드 페리 선착장이 나타났다.

운임이 무료여서 그런지 아무런 검사 없이 페리에 오를 수 있었고 내부는 맨해튼과 스태튼 아일랜드로 출퇴근하는 뉴요커와 관광객들로 붐비고 있었다. 여기서 거주자와 방문객이 구분되는데 실내 의자에 앉아 잠을 자거나 독서를 하면 거주자, 야외 데크에 나가거나 창가에 붙어 사진을 찍고 있으면 방문객이다. 나는 여지없는 관광객이라 페리 오른쪽에 앉아 멀어지는 맨해튼과 가까워지는 자유의 여신상을 바라보았다.

맨해튼을 떠난 페리는 곧 스태튼 아일랜드에 도착했고 나는 바로 돌아가기 위해 내리자마자 맨해튼행 페리에 다시 몸을 실었다. 그리고 이번에는 페리 왼쪽에 자리를 잡았다. 갈 때는 오른쪽, 올 때는 왼쪽이 자유의 여신상을 볼 수 있는 뷰 포인트이기 때문이다. 시원한 강바람을 맞으며 푸른 물결 너머로 바라보는 자유의 여신상은 굳이 바로 밑에서 올려다보지 않아도 이 정도면 됐다 싶은 생각이 들었다. 가끔은 가까이서 바라보는 것보단 오히려 한 발짝 물러서서 보는 것이 그것을 제대로 마주할 수 있는 방법이 되기도 한다. 그리고 무엇보다 여기서 마주하게 되는 시시각각 변하는 하늘과 바람, 물길과 로어 맨해튼의 마천루는 스태튼 아일랜드 페리를 타야 하는 또 다른 이유다.

New York

영화 속 맛집을 찾다 만난 뜻밖의 행운

테이블을 사이에 두고 마주 앉아 서로의 눈을 바로 보며 입에는 빨대를 물고 생크림이 올려진 초콜릿 음료를 마시는 남녀. 누구나 한 번쯤은 봤을 법한 영화 〈세렌디피티〉(Serendipity) 속 한 장면이다. 여러 우연이 겹친 끝에 운명적인 만남을 한 남녀 주인공의 모습에서 설렘과 긴장, 기대가 느껴지고 앞에 놓인 달콤한 음료는 그들의 모습에 달달함을 더한다. 영화의 상징과도 같은 이 장면은 뉴욕에 있는 유명한 디저트 레스토랑에서 촬영된 것으로 남녀 주인공이 마신 음료는 '프로즌 핫 초콜릿'이라는 이름으로 실제 판매되는 메뉴다. 뭇 여성들의 마음을 설레게 만든 영화 흥행과 함께 초콜릿 음료는 선풍적인 인기를 끌게 되었고, 당연하게도 나의 뉴욕 To Do List에 올랐다.

뉴욕에서 그날의 할 일은 프로즌 핫 초콜릿 맛보기였고 영화 제목과 같은 이름의 간판을 단 그 레스토랑으로 향했다. 인기를 증명이라도 하듯 가게 앞에는 이미 많은 관광객들이 무리지어 대기하고 있었고, 약 20~30분의 기다림 끝에야 입장할 수 있었다. 슬슬 지쳐가던 찰나에 들어선 가게 내부는 마치 상상력을 자극하는 동화 속 한 장면처럼 아기자기하면서도 몽환적인 느낌을 풍겼다. 그리고 실물로 접한 프로즌 핫 초콜릿은 생각보다 더 크고 생각보다 더 맛있었다. 누군가와 함께 먹으라는 듯 여러 개의 빨대가 꽂혀 있었지만 나는 개의치 않고 혼자 빨대 4개를 입에 물고 원샷했다. 따뜻하면서도 밝고 활기찬 가게 분위기와 달짝지근한 초콜릿 음료로 단 5분 만에 머리가 띵할 만큼 몸과 마음이 충전됐다.

머릿속에는 이미 다음 행선지가 그려져 있었기 때문에 나는 기다림보다 짧았던 시간을 보내고 레스토랑을 나왔다. 바로 오는 길에 우연히 마주한 하늘에 떠 있는 빨간색 트램을 타기 위해서다. 조금 걷고 나니 '루스벨트 아일랜드 트램웨이'(The Roosevelt Island Tramway)라고 적혀 있는 표지판이 보였다. 바로 이스트 리버 한가운데에 자리한 작은 섬인 루스벨트 아일랜드로 갈 수 있는 아주 특별한 방법이다. 영화 〈스파이더맨〉(Spider-Man)에서 주인공 피터가 루스벨트 아일랜드라고 적힌 케이블카 속 사람들을 구하는 장면이 나오는데, 이는 실제로 운영되는 뉴욕의 교통수단이다. 하늘 길을 통해 맨해튼과 루스벨트 아일랜드를 이어 주는 이 트램은 어린 시절 놀러 가서 탔던 케이블카와 비슷했고 메트로 카드 무제한 정기권으로 이용이 가능해 별도의 티켓팅이 필요하지 않았다.

당당히 교통 카드를 찍고 트램에 올라 창가에 자리를 잡았다. 창문 밖으론 맨해튼과 루스벨트 아일랜드의 전경은 물론 퀸즈보로 브리지가 눈앞에 펼쳐졌다. 게다가 발밑으로 보이는 바삐 오가는 차량과 사람들은 마치 레고랜드에 있는 장난감처럼 보였다. 루스벨트 아일랜드에 가까워질수록 건물 내부까지 훤히 보이는 광경에 눈이 휘둥그레지기도 했고 탁 트인 시야에 담긴 뉴욕의 시티뷰를 바라보고 있자니 하늘에서 즐기는 5분 남짓의 시간이 너무도 빨리 지나갔다.

트램에서 내려 마주한 루스벨트 아일랜드의 첫인상은 한마디로 '고요하다'였다. 이스트 리버 너머 맞은편엔 맨해튼의 화려한 마천루가 보였지만 내가 서 있는 이 땅은 자연이 만들어 낸 소리만 들릴 뿐이었다. 상공을 오가는 빨간색 타임머신을 타고 마치 모든 것이 조용하고 느리게 돌아가는 다른 세상에 들어온 듯, 자동차보단 자전거가 어울리고 빌딩 숲 대신 녹색 숲이 가득한 곳이었다. 루스벨트 아일랜드는 소수의 인구만이 거주하는 한적한 주거 지역으로 조용히 사색하며 산책하기 좋은 동네다. 그런 마음을 이해하기라도 한 듯 강을 마주 보며 잠시 쉬어갈 수 있는 벤치가 곳곳에 놓여 있었다. 벤치에 가만히 앉아 아무 생각도 하지 않던 그 순간 머릿속에 하나의 깨달음이 스쳐간다. '맨해튼 한복판에 공중 케이블카가 다닌다니!'

우연히 트램을 마주한 그날부터 낮이든 밤이든 5번가에 있는 플라자호텔에서 동쪽으로 쭉 걸어가 루스벨트 아일랜드 트램을 왕복하는 것이 뉴욕에서 나만의 코스 중 하나가 되었다. 특히 트램에서 보는 해 질 녘의 뉴욕 하늘과 맨해튼의 야경은 여행 중 벅찬 설렘을 느낄 수 있는 순간이었다. 복잡한 도시의 중심에서 하늘 길을 통해 강을 건너 이 작은 섬으로 향하던 그때의 경험은 여전히 생생하고 너무도 아름답게 남아 있다. 뉴욕에서의 여정을 시작한 지 얼마 되지 않았던 그날, 영화 속 맛집을 찾아 나선 덕분에 뜻밖의 발견을 할 수 있었고 여행지에서의 남은 시간을 더욱 풍성하고 행복한 기억으로 채웠다. 만약 떠나기 하루 전날 루스벨트 아일랜드 트램웨이를 마주했다면 너무 슬펐을 것이다. 좋은 건 몇 번이고 보고, 듣고, 먹어야 하기에.

What a Serendipity!

ROOSEVELT
E 60 St
Medical

ALBA

New York

뉴욕에서 밤을 보내는 최고의 방법

여행지에서의 나이트 라이프는 여행 계획을 세우면서 가장 설레고 기대되는 부분이다. 낯선 곳에서 해가 진 뒤 펼쳐지는 현지 분위기와 새로운 세상에 대한 경험은 놓칠 수 없는 것이기에 이 또한 여행의 목적이 되기도 한다. 맨 처음 친구들과 해외여행을 떠났을 때는 4명이 함께였고, 어두운 밤거리를 돌아다녀도 무서울 게 없었다. 하지만 그때와 달리 뉴욕에서 나는 아는 이 하나 없는 완전한 혼자다. 그렇지만 혼자라는 이유로 주눅 들어 늦은 밤에 돌아다니지 말란 법은 없다. 물론 위험한 지역을 겁 없이 휘젓고 걸어 다니는 일은 지양해야 하지만 혼자서도 충분히 나이트 라이프를 즐길 수 있다. 특히 바로 이곳 뉴욕에서는 말이다.

뉴욕에는 오페라, 뮤지컬, 연극, 오케스트라, 발레 등을 한

곳에서 관람할 수 있는 공연장이 있다. 공연 예술에 관심 없는 사람이라도 한 번쯤은 들어 봤을 '링컨센터'(Lincoln Center)가 그 주인공이다. 1962년에 세워진 링컨센터는 5개의 큰 건물로 이루어져 있는데 당시에는 보기 드문 큰 규모였고, 현재는 공연장을 넘어 복합문화예술공간으로 자리 잡았다. 전 세계적으로 유명한 뉴욕 필하모닉 오케스트라, 메트로폴리탄 오페라, 아메리칸 발레 시어터, 뉴욕시티 발레단, 뉴욕 줄리어드 음대 등이 모두 링컨센터에 상주하며 공연을 한다.

링컨센터는 맨해튼 관광 요충지에 자리하기 때문에 다들 우연히 마주한 건물 앞에서 사진을 찍어 이곳에 들렀다는 것을 인증한다. 그러나 정작 링컨센터 안에 들어가 공연 관람에 시간을 투자하는 여행객은 그리 많지 않다. 건물 외관도 아름답지만 내부는 더 아름다운 곳이 링컨센터다. 뉴욕에 왔음에도 이 상징적인 공연장에서 국제적 명성을 지닌 아티스트들의 공연을 보지 않는 것은 후회할 만한 일이다.

숙소에 일찍 들어가기 싫었던 어느 날, 나는 링컨센터로 향했고 당일 뉴욕시티 발레단 공연 티켓을 현장에서 구매했다. 꼭 봐야겠다는 작품이나 아티스트가 있던 것은 아니었기에 그날의 기분에 충실한 결정이었다. 아무리 충동구매일지라도 멋진 공연에 대한 최소한의 예의를 갖추고자 발레단과 작품을 소개하는 팸

플릿을 훑어보기 시작했다. 벼락치기 공부 덕분에 미국을 대표하는 뉴욕시티 발레단에 한국인 무용수도 여럿 활동하고 있다는 사실을 알게 되었고, 링컨센터 내부에 걸린 그들의 사진을 보니 생판 모르는 사람임에도 뿌듯함과 자랑스러움이 느껴졌다. 해외에 나가면 애국자가 된다더니 전혀 틀린 말은 아닌가 보다.

시간에 맞춰 입장한 뉴욕시티 발레단 전용 공연장은 금세 많은 관객들로 꽉 들어찼다. 내 옆자리에는 백발이 성성한 백인 노부부가 앉았는데, 맞잡은 그들의 손에서 서로에 대한 애정과 존중이 전해졌다. 여전히 좋은 것을 함께 바라보며 공유하는 그들의 모습이 참 인상적이었다. 이내 관객석의 조명이 꺼지고 무대 위 조명이 화려한 빛을 내기 시작했다. 무용수들의 발 내딛는 소리까지 들렸던 그 공간에서의 시간은 눈 깜짝할 새 빠르게 지나갔고 커튼콜에 박수갈채를 보내며 마무리됐다.

링컨센터에 들어갈 때는 낮이었는데 나올 때는 이미 어둠이 내린 뒤였다. 건물에서 뿜어내는 불빛이 낮과는 또 다른 분위기를 자아냈고, 링컨센터 앞 광장에는 공연의 열기에서 아직 벗어나지 못한 사람들이 쉽게 자리를 뜨지 못하고 있었다. 나 역시 조금 전의 벅찬 감동이 쉬이 진정되지 않아 한참을 서성이며 그날의 여운을 즐겼다. 최고의 공연장에서 최고의 공연으로 지새운 뉴욕의 그날 밤. 화려한 불빛이 일렁이는 뉴욕의 밤거리를 무작정

건던 그 순간 나는 아무것도 무섭지도 두렵지도 않았다. 이곳에서라면 무엇이든 해낼 수 있을 것 같은 기분이다.

'혼자여도 괜찮네!'

TIP. 혼자여도 괜찮은 뉴욕의 나이트 라이프

1. 뉴욕 재즈바에서 공연 즐기기

뉴욕에는 역사와 전통을 자랑하는 재즈바들이 많다. 블루노트, 버드랜드, 디지스 클럽, 빌리지 뱅가드 등이 유명하며 홈페이지에서 손쉽게 예약 가능하다. 예약 시 바와 테이블 좌석 중 하나를 선택할 수 있으며, 가능하다면 비용을 조금 더 지불하더라도 테이블 좌석을 추천한다.

2. 뉴욕 루프톱 라운지에서 야경 즐기기

뉴욕에는 맨해튼의 야경을 파노라마로 즐길 수 있는 루프톱 라운지가 많다. 더 프레스 라운지, 230 피프스 루프톱 바, 르 뱅 등이 유명하며 각기 다른 뷰를 자랑한다. 오후 시간부터 영업을 하니 칵테일 한잔에 낮과 밤의 맨해튼을 모두 느껴 보자.

New York

뉴욕은 언제나 촬영 중

뉴욕이라는 도시에서 한 달 살기를 하며 가지게 된 여러 단상이 있다. 그중 하나는 뉴욕은 언제나 공사 중이라는 사실이다. 거리를 거닐다 심심찮게 마주치는 것이 작업복을 입은 근로자와 공사용 차량, 가림막 등이다. 옛것을 고치고 리모델링을 하는지 아니면 부수고 새로 무언가를 만드는지는 모르겠지만 어디서나 뚝딱뚝딱거리는 소리와 인부들의 외침을 들을 수 있다. 도시의 역사만큼이나 오래된 건물과 낡은 시설들로 손이 많이 갈 수밖에 없는 것이리라 생각해 본다.

뉴욕에 대한 또 다른 단상은 '뉴욕은 언제나 촬영 중'이라는 것이다. 한 번쯤 들어 봤을 법한 〈섹스 앤 더 시티〉, 〈가십걸〉, 〈악마는 프라다를 입는다〉, 〈인턴〉 등의 공통점이 무엇인지 아는

가? 정답은 모두 뉴욕에서 촬영한 작품이다. 이 밖에도 아주 오래전부터 뉴욕을 배경으로 한 많은 영화, 드라마, TV 프로그램들의 행렬이 지속적으로 이어지고 있다. 여기에 세계 4대 패션 위크 중 하나인 '뉴욕 패션 위크'(New York Fashion Week) 기간에 쏟아지는 무수한 관심과 카메라 세례는 덤이다. 심지어 비행기로 14시간 거리에 있는 대한민국에서도 뉴욕을 배경으로 한 다양한 방송 프로그램을 제작하는 실정을 보면 뉴욕이라는 도시가 촬영지로서 가지는 경쟁력과 매력이 얼마나 대단한지 알 수 있다.

사정이 이렇다 보니 뉴욕 곳곳에선 카메라가 많이 보인다. 전문적인 방송용 카메라는 물론이거니와 세계적으로 공신력을 가진 'NBC 방송국'과 '뉴욕 타임스' 같은 거대 미디어 매체의 가지각색 인터뷰 및 뉴스 보도 등도 종종 볼 수 있다. 또한 뉴욕에는 필름 아카데미는 물론 영화와 드라마를 전공으로 둔 학교들이 많기 때문에 과제를 하는 학생들의 열정 가득한 촬영도 쉽게 눈에 띈다. 게다가 다양한 언어와 문화권에서 모인 관광객들마저 모두 한마음으로 손에서 스마트폰을 놓지 않고 끊임없이 찍고 있으니 그야말로 '뉴욕은 언제나 촬영 중'이다.

세계 각지 대중 매체의 사랑을 받는 도시 뉴욕에서는 유명인을 봤다는 목격담도 속출한다. 이곳에서 본업이 이루어지니 어쩌면 당연한 일일 수밖에 없겠다. 그러다 보니 할리우드 배우

들을 비롯하여 정치인, 기업가, 모델, 스포츠 스타 등 여러 분야의 유명인들이 뉴욕에 거주하거나 뉴욕을 세컨드 하우스로 삼아 머무르는 경우가 많다. 또한 굳이 비즈니스 목적이 아니더라도 여행이나 만남 등 개인적인 이유로 이곳을 찾기도 한다. 양키스나 닉스의 경기 중 캐주얼 차림으로 전광판에 잡힌 스타들을 봤다거나 카페, 레스토랑 맞은편 테이블에 '앤 해서웨이가 밥을 먹고 있었다' 등의 이야기가 뉴욕에선 마냥 허무맹랑한 소리가 아니라는 뜻이다.

뉴욕이라는 도시에선 쉼 없이 카메라가 돌아가고 셔터 소

리가 멈추지 않는다. 이 화려한 도시는 남녀노소 국적불문하고 수많은 이들을 불러들이고, 우리 모두는 뉴욕을 배경으로 펼쳐지는 작품의 등장인물이자 각자의 이야기 속 주인공이 된다. 뉴욕과 카메라 그리고 사람들이 만들어 내는 이야기는 이곳에서만 볼 수 있는 특별한 에피소드다.

'To be continued. Stay tuned.'

TIP. 뉴욕에서 즐길 수 있는 스포츠 경기

미국인이 사랑하는 스포츠인 농구와 야구를 비롯하여 뉴욕에서 즐길 수 있는 스포츠 경기들이 있다. 뉴욕을 연고지로 삼는 구단 경기를 관람하는 것은 열광적인 현지 분위기를 느낄 수 있는 좋은 방법이다.

1. 뉴욕 양키스(New York Yankees)

미국 MLB 아메리칸 리그 동부 지구 소속으로 메이저리그에서 가장 인기 있는 구단이자 뉴욕을 대표하는 야구단이다. 홈구장인 양키 스타디움은 뉴욕 브롱스에 있으며 전 세계에서 가장 비싼 야구장이기도 하다.

2. 뉴욕 메츠(New York Mets)

미국 MLB 내셔널 리그 동부 지구 소속으로 양키스와 함께 뉴욕을 연고지로 하는 야구단이다. 메츠의 홈구장인 시티 필드는 퀸스에 있다.

3. 뉴욕 닉스(New York Knicks)

뉴욕을 연고지로 하는 NBA 프로 농구 팀이다. 홈구장은 매디슨 스퀘어 가든으로 맨해튼 중심에 있어 비교적 접근성이 뛰어나다.

4. US 오픈(The United States Open Tennis Championships)

윔블던 대회, 프랑스 오픈, 호주 오픈과 함께 세계 4대 그랜드슬램 테니스 대회 중 하나로 매년 8~9월 미국 뉴욕에서 개최된다. 경기장인 USTA 빌리 진 국립 테니스 센터는 퀸스에 있다.

New York

뉴요커는 독서를 좋아해

뉴욕에는 세계 5대 도서관 중 하나인 '뉴욕 공립 도서관'(The New York Public Library)이 있다. 미국에서 두 번째로 큰 규모를 자랑하는 도서관이자 뉴요커뿐 아니라 전 세계 방문객의 사랑을 받는 대표적인 뉴욕의 랜드마크다. 특히 내게는 뉴욕을 배경으로 하는 작품 〈섹스 앤 더 시티〉(Sex and the City)에서 여주인공 캐리가 결혼식을 올리려던 장소이자 제이크 질렌할이 주인공으로 나오는 영화 〈투모로우〉(The Day After Tomorrow)에서 사람들이 대재앙을 피해 숨었던 피난처로 익숙한 곳이기도 했다.

나에게 도서관은 대학 시절 전공 서적을 대여하거나 시험 하루 전날 벼락치기 공부를 하기 위해 어쩔 수 없이 찾아가는 장소였다. 숨소리조차 조심스러운 도서관이나 독서실보단 어느 정도의 소음이 있는 편안한 분위기를 선호하기에 사실 도서관은 내게 그리 매력적인 곳은 아니다. 그러나 '뉴욕 공립 도서관 열람실에서 독서하기'는 나의 뉴욕 To Do List에 있었고 뉴욕에 머무는 한 달 동안 굳이 학문적인 목적이 아니더라도 이곳을 여러 차례 찾을 수밖에 없음을 깨닫게 되었다.

실제로 접하게 된 뉴욕 공립 도서관은 맨해튼 한복판에서 브라이언트 파크를 앞마당 삼아 뉴요커의 삶에 매우 깊숙이 들어와 있었다. 푸르른 공원과 영화 속에서나 봐 왔던 웅장한 도서관

건물은 오다가다 아무렇지 않게 들를 수 있는 도시 중심부에 있었고, 뉴요커들은 빌딩 숲에 둘러싸인 이 공간을 자신들의 놀이터이자 휴식처로 삼았다. 그들은 도서관 안에서는 물론이거니와 건물 앞 계단, 브라이언트 파크 곳곳에서 저마다의 할 일을 하며 각자의 일상을 보냈다. 이곳은 단순한 도서관이 아니라 뉴요커의 삶을 녹아낸 공간이었고 나에겐 한숨 돌릴 수 있는 여행자의 쉼터였다.

TIP. 뉴욕 공립 도서관 둘러보기

1895년 개관한 뉴욕 공립 도서관은 누구나 자유롭게 이용 가능한 공공 도서관이다. 100년이 넘은 보자르 양식의 건물 입구 계단 옆에는 각각 '인내'(patience)와 '불굴의 정신'(fortitude)을 상징하는 두 마리의 사자상이 지키고 있고, 높은 천장을 자랑하는 건물 내부는 지하 1층부터 지상 3층에 이른다. 약 4천만 점에 이르는 장서를 소장한 뉴욕 공립 도서관은 워싱턴 D.C 국회 도서관에 이어 미국 내 두 번째로 큰 도서관이며, 희소가치가 높은 컬렉션부터 건축과 디자인에 이르기까지 다양한 예술 작품도 보유하고 있다. 도서관 내부 곳곳을 둘러볼 수 있는 무료 도서관 투어 이외도 다양한 이벤트, 전시, 공연 등도 진행하니 사전에 홈페이지(www.nypl.org)에서 확인해 보자. 도서관 입장 시 간단한 소지품 검사가 이루어지며 장소에 맞는 매너는 필수다.

– 애스터 홀(Astor Hall)
도서관 본관 입구에 들어서자마자 바로 보이는 1층 홀을 이르는 명칭으로 온통 흰색 대리석으로 뒤덮여 있다. 기둥 곳곳엔 기부자들의 이름이 새겨져 있으며 갤러리, 기념품 가게, 카페 등이 이곳에 있다.

– 질 쿠핀 로즈 갤러리(Jil Kupin Rose Gallery)
도서관 2층에 있는 갤러리로 복도를 따라 뉴욕 공립 도서관의 역사를 설명하는 자료는 물론 벽에 걸린 다양한 작품 컬렉션을 감상할 수 있다.

– 로즈 메인 리딩 룸(Rose Main Reading Room)
도서관 3층에 있는 이곳은 뉴욕 공립 도서관의 상징과도 같은 장소다. 아치형 창문과 높은 천장, 오크 나무 책상으로 이루어진 열람실 내부는 마치 중세의 성을 연상시키며, 중후한 분위기 속에서 길게 이어진 책상에 일렬로 앉아 독서를 하는 사람들의 모습은 경외심을 불러일으킨다.

나는 목적 없이 도서관을 찾아가는 사람은 아니지만 서점에 가는 건 좋아한다. 우리 동네 대형 마트에는 중고 서점이 있는데 하루 루틴처럼 아무렇지 않게 그곳에 들어갔다 나오곤 한다. 카페도 북카페를 좋아하며 친구들과 약속이 있을 땐 일부러 일찍 나가 근처 서점에서 시간을 보낼 때도 많다. 책을 꼭 사거나 읽지 않아도 서점 인테리어나 책 표지를 구경하는 것이 좋기 때문이다. 가지각색의 책 디자인을 둘러보는 것은 영감을 불러일으키며 표지와 제목에 담긴 의미를 음미하며 책을 읽는 재미가 있다.

뉴욕에는 '반스 앤 노블'과 같은 기업형 대규모 체인 서점뿐만 아니라 동네 곳곳에 특색과 개성이 가득한 독립 서점도 많다. 정처 없이 걷다 마주치는 이름 모를 서점에 들어가 그곳 주인장만의 큐레이션을 구경하는 것은 뉴욕 생활에서 나의 가장 큰 낙 중 하나였다. 획일화된 체인 서점과는 달리 개인이 운영하는 독립 서점은 그들만의 스타일과 신념을 가지고 꾸려 나가기 때문에 정체성이 뚜렷하다. 하늘 아래 똑같은 사람이 없듯 책으로 똑같은 이야기를 빚어낼 수는 없다. 같은 책이어도 어디에 어떻게 놓이냐에 따라 달라지는 것이다. 이런 면에서 꾸준히 명맥을 이어오며 그들만의 이야기를 보여 주는 뉴욕의 독립 서점들은 박수받을 만하다.

어느 늦은 저녁, 뉴욕 소호 지역을 걷던 중 우연히 한 서점을 만났다.(당시에는 들어본 적 없는 생소한 곳이었는데 나중에 알고 보니 뉴욕의 아주 유명한 독립 서점 중 하나였다.) 새어 나오는 따스한 조명에 이끌려 들어선 그곳에선 마침 작가와의 대담이 이루어지고 있었고 나는 한 발짝 뒤에 서서 그 모습을 바라보았다. 크지 않은 공간에 옹기종기 모여 앉아 나누는 그들의 대화를 다 알아들을 순 없었지만 일상인 양 아주 자연스럽게 물 흐르듯 진행되었다. 그날 동네 서점 안에서 작가와 독자가 모여 만들어 내는 분위기가 너무 좋아서 나도 모르게 한참을 서 있었다. 그 작가가 어떤 책을 썼고 누구인지도 모르지만 그건 하나도 중요치 않던 순간이었다.

뉴욕 곳곳에선 독서하는 뉴요커들을 심심찮게 목격할 수 있다. 세계에서 제일 바쁘고 치열한 도시에 살고 있지만 그들은 인생에서 결코 책을 놓지 않는다. 공원, 카페, 지하철, 건물 계단, 길거리까지. 장소도 시간도 중요치 않다. 서서 읽기도 하고 길바닥에 주저앉아 읽기도 한다. 다른 이의 시선은 전혀 신경 쓰지 않은 채 오로지 책을 읽는 그 순간에만 집중한다.

뉴요커는 책을 읽고, 나는 그런 뉴요커를 읽는다.

TIP. 뉴욕의 독립 서점

1. 스트랜드 북스토어(The Strand Bookstore)

이스트빌리지에 위치한 스트랜드 북스토어는 지하 3층부터 지상 4층 규모로 뉴욕에서 가장 거대하고 오래된 독립 서점 중 하나이며, 1927년부터 가족 경영을 이어오고 있는 역사 깊은 서점이다. 또한 중고책, 희귀본 등을 포함하여 '18마일 이상의 책'이라 일컬을 정도로 방대한 양의 컬렉션을 자랑한다. 문구류, 티셔츠, 에코백 등 다양한 스트랜드 북스토어 굿즈도 만나볼 수 있다.

2. 맥널리 잭슨 북스(Mcnally Jackson Books)

뉴욕 소호에 있는 독립 서점으로 고급스럽고 감각적인 인테리어와 독특한 큐레이션이 특징이다. 방대한 해외 문학 컬렉션을 자랑하며 '에스프레소 북 머신'이 있어 즉석에서 제본이 가능하다. 2층 규모의 매장에서는 북클럽을 포함한 다양한 이벤트가 열리며 내부에는 카페도 있어 커피와 쿠키 등을 맛볼 수 있다.

New York

타임스 스퀘어로 출근하는 예술가들

형형색색의 화려한 네온사인이 불을 밝히고, 크고 작은 LED 전광판엔 전 세계에서 엄선된 각기 다른 언어의 광고가 넘실대며 뉴욕에서 가장 많은 인파가 몰리는 곳. 인파의 홍수 속에서 매년 새해 카운트다운과 볼 드랍 행사가 열리는 뉴욕 최고의 명소이자 관광객이라면 누구나 한 번은 들른다는 곳. 그곳은 바로 '타임스 스퀘어'(Times Square)다.

지리적으로 타임스 스퀘어는 뉴욕 맨해튼의 세븐스 에비뉴와 브로드웨이가 교차하는 지점 일대를 가리키며 1904년 미국의 대표 신문사인 '뉴욕 타임스'(The New York Times)의 본사가 근처로 이전하며 타임스 스퀘어로 불리기 시작했다. 뉴욕의 랜드마크이자 세계에서 가장 많은 사람들이 찾는 관광 명소이기도 한

XINHUA
NEWS AGENCY
BARCLAYS
JERSEY
BOYS

REGAL
REGAL
Panasonic
DALLAS
BBQ
COLD STONE

타임스 스퀘어는 각종 엔터테인먼트를 비롯하여 호텔, 기념품 가게, 플래그십 스토어, 극장, 음식점 등이 빽빽이 들어선 대표적 상업 지구다. 한마디로 수많은 관광객들 틈에서 이곳을 거점 삼아 생계를 이어 가는 또 다른 얼굴의 뉴요커를 만날 수 있다는 의미다.

'세계의 교차로'라 불릴 만큼 많은 이들의 발길이 끊이지 않고 온갖 소리의 향연이 이어지는 뉴욕 타임스 스퀘어에는 밤낮을 가리지 않고 활동하는 많은 예술가들이 있다. 멋들어진 코스튬 차림으로 관광객과 사진을 찍어 주는 행위 예술가, 악기를 연주하는 음악가, 그림을 그리는 화가 등 셀 수 없을 정도다. 특히 한겨울에도 팬티 한 장만 걸친 채 기타를 연주하는 '네이키드 카우보이'(Naked Cowboy)는 타임스 스퀘어의 또 다른 명물이다. 1998년부터 눈이 오든 비가 오든 이곳으로 매일같이 출근한다는 그는 그 흔한 이직이나 업종 변경 없이 누구보다 오래 직장생활을 하고 있었다.

숙소가 타임스 스퀘어 근처에 있었기에 나는 자연스레 매일 다양한 예술가들을 만났다. 가까이에 있을수록 그 소중함을 알지 못하듯 처음엔 앞으로 뉴욕에서 남은 날들이 많다 여겨 유심히 보지 않았고, 그다음엔 숙소 근처에서 조금 떨어진 곳을 목적지로 삼아 다니다 보니 눈에 들어오지 않았다. 그러던 어느 날, 일정을 마무리한 후 바삐 집으로 돌아가던 나의 발걸음을 멈추게 만드는 사람이 있었다. 바로 스프레이 페인트로 그림을 그리는 아저씨다. 나에게까지 전해지는 독한 페인트 냄새에 혹여 몸이 상하지는 않을까 걱정이 되면서도 스프레이 페인트 한 통으로 무에서 유를 창출해 내는 그의 열중한 모습이 마음에 닿았다. 예술적 재능이 1도 없는 나에게 스프레이 한 통으로 쓱싹쓱싹 만들어 낸 작품은 감동 그 자체였으며, 그의 정성과 열정이 어린 작품은 15달러에 판매되기엔 너무도 아름다웠다.

TIP. 타임스 스퀘어 알아보기

엔터테인먼트의 중심답게 뉴욕시는 타임스 스퀘어 공식 사이트(www.timessquarenyc.org)를 운영하며 타임스 스퀘어의 역사부터 숙박, 볼거리, 먹거리, 즐길 거리 등 유용한 정보를 제공하고 있다. 시기별로 개최되는 이벤트, 행사, 공연 등의 정확한 시간과 장소 등도 확인할 수 있으니 체계적인 뉴욕 타임스 스퀘어 투어를 원한다면 온라인 사이트를 방문해 보자.

New York

비 오는
뉴욕 거리를 거닐다

이번 뉴욕 여행이 내게 미친 영향과 그로 인한 변화에는 여러 가지가 있는데 '비'(rain)에 대한 감정 역시 그중 하나다. 나는 원래 비를 좋아하지 않는다. 내리는 비를 보는 것도, 우산을 쓰고 비 내리는 거리를 걷는 것도, 비를 맞는 것도 모두 좋아하지 않는다. 물론 이유는 있다. 아무리 실내에 있다 하더라도 비가 오면 습기가 차서 쿰쿰하고, 우산을 쓴다 해도 걷다 보면 바짓단에 흙탕물이 튀고, 산성비에 머리칼이 상하진 않을까 걱정되기 때문이다. 심지어 남들은 듣고 있으면 마음이 편안해진다는 빗소리도 나는 별로 좋아하지 않는다. 하지만 뉴욕은 이 모든 것을 바꿔 놓았다. 잠시 지나가는 소나기부터 밤새 그치지 않고 내리는 비까지 나를 찾아왔고 맑은 하늘에도 예기치 않은 비를 종종 만나곤 했다. 그리고 나는 변할 수밖에 없었다.

그날은 하늘은 높고 말은 살찐다는 뉴욕의 쾌청한 가을날이었다. 살랑거리는 바람조차 기분 좋게 만드는 날씨에 늦은 점심을 먹기 위해 전날 봐둔 레스토랑으로 향했다. 바 좌석에 자리를 잡고 추천받은 메뉴를 주문해 한창 먹고 있는데 등 뒤가 소란해졌다. 뒤를 돌아보니 갑자기 쏟아진 비로 야외 테이블에 앉아 있던 손님부터 거리를 지나가던 사람들까지 모두 가게 안으로 들어와 비를 피하고 있는 것이었다. 비는 점점 더 거세게 내렸고 사람들은 하염없이 밖을 바라보며 야속한 비가 멈추길 기다렸다. 본능에 반응하여 일사불란하게 대피하던 그들을 보니 지금 이 자리에 앉아 주린 배를 채우고 있는 나의 모습이 참 다행이라는 생각마저 들었다.

인상 깊었던 점은 아무도 가게 입구를 막아선 행인들에게 눈치를 주거나 내보내지 않았다는 사실이다. 이런 일은 아무것도 아니라는 듯 직원들은 각자 해야 할 일을 하고, 손님들은 그저 식사를 계속 이어갈 뿐이었다. 매섭게 내리는 비와 그 비를 피하는 사람들을 보며 나는 무언가에 홀린 듯 맥주 한 잔을 주문했다. 당시 나는 반주를 즐기지도 않았고 술은 밤에만 마시는 거라 생각한 1인이었지만 왠지 지금 이 분위기에서는 맥주 한 잔을 꼭 마셔 줘야만 할 것 같았다. 한낮에 내리는 빗소리를 들으며 마시는 맥주 한 잔. 이렇게 오늘도 하나 더 배웠다. 다행히 지나가는 소나기였는지 그칠 것 같지 않던 비는 금세 그쳤고 예고 없이 쏟아진

비를 피해 가게 안에 몸을 숨겼던 사람들은 다시 제 갈 길을 가기 시작했다.

그리고 날이 좋았던 뉴욕의 또 다른 어느 날. 평소 좋아하던 카페에서 커피 한 잔을 사 들고 맨해튼 위쪽에서 아래로 정처 없이 걷고 있었다. 한 블록 한 블록 괜히 이 가게 저 가게 들어가 보며 길거리 탐험을 하던 그때, 갑자기 하늘에 구멍이라도 뚫린 듯 세찬 비가 쏟아지기 시작했다. 너무 당연하게도 그 순간 내 손에 우산은 없었고 아무런 대책 없이 내리는 비를 온몸으로 막아 내는 수밖에 없었다. 설상가상으로 이리저리 둘러봐도 비를 피해 들어갈 만한 그 흔한 슈퍼마켓 하나 보이지 않았다. 절망에 사로잡히던 그 순간, 한 블록 앞에 짙은 녹색 천막 하나가 눈에 들어왔고 나는 그곳까지 전속력으로 뛰었다. 그 천막은 가정집 입구 위에 드리워진 차양이었는데 나는 그렇게 한참을 남의 집 대문 앞에 서서 비가 그치길 기다렸다. 그러나 불행하게도 이 비는 그냥 스쳐가는 소나기가 아니었다. 계속 서 있기도 다리 아프고, 남의 집 앞에서 언제까지 죽치고 있을 수도 없는 일이다. 나는 결단을 내려야 했다.

귓가에 맴도는 노래 가사 한 문장을 반복해서 흥얼거리며 하염없이 쏟아지는 비와 함께 숙소까지 20분은 걸었던 것 같다. 그날 내린 비는 밤새 멈추지 않았으며 나는 이제 웬만한 비는 맞아도 끄떡하지 않는다.

센트럴 파크에서 매일 조깅할 거란 착각

뉴욕의 센트럴 파크(Central Park)는 미국 전역을 통틀어 가장 방문객이 많은 공원이자 대표적인 관광 명소다. 사실 센트럴 파크는 말만 공원이지 산책로부터 동물원, 회전목마, 아이스링크, 보트 하우스, 콘서트장, 7개의 호수, 뮤지엄 등을 갖춘 하나의 문화 공간으로 다양한 얼굴을 가지고 있다. 한마디로 이곳에선 무엇을 상상하든 그 이상이라는 이야기다.

세계에서 두 번째로 작은 나라인 모나코(Monaco)보다 크다는 이 공원은 북쪽은 할렘, 남쪽은 미드타운, 동쪽은 어퍼이스트사이드, 서쪽은 어퍼웨스트사이드와 맞닿아 있다. 땅값 비싸기로 유명한 뉴욕, 그것도 맨해튼 한가운데를 떡하니 차지하고 위풍당당한 모습을 뽐내는 센트럴 파크. 한편으론 계산기를 두드리지

않고 도시의 심장을 통째로 이 거대한 인공 공원에 내어 준 뉴욕 시민들의 낭만이 부럽기도 하다.

하늘을 가릴 만큼 우거진 푸르른 녹음으로 뉴욕의 허파라고 불리는 센트럴 파크는 뉴욕 라이프 스타일의 한 축을 담당하며 메마른 도시 생활에 생기 한 줌을 불어넣어 준다. 뉴욕으로 떠나기 전 만해도 나는 매일 센트럴 파크에서 조깅을 할 거라 생각했다. 그런 연유로 한 달 치의 어마어마한 짐을 싸면서 운동화도 빼놓지 않고 챙겼다. 실제로 센트럴 파크에 몇 번 방문하긴 했다. 맨해튼 중심에 있는 직사각형 모양의 이 공원을 그냥 지나치기란 쉽지 않은 일이다. 나는 분명 어퍼이스트나 어퍼웨스트를 걷고 있었는데 어느새 공원의 입구가 보였다. 그럴 때면 센트럴 파크를 동에서 서로 가로질러 반대편으로 빠져나가곤 했다.(반면 남북의 길이는 4km 이상으로 가로지르기 쉽지 않고 길을 잃기 십상이니 시도하지 않는 것이 좋다.)

한번은 센트럴 파크를 탐험하기 위해 남쪽 출입구가 있는 콜럼버스 서클(Columbus Circle)로 향한 적이 있다. 맞은편 홀푸드 마켓에서 간단한 간식거리와 커피를 산 뒤, 큰 포부와 함께 당당히 길을 나섰고 목표는 남쪽 끝에서 시작하여 북쪽 끝으로 나가는 것이었다. 한 발 양보해 끝은 아니더라도 갈 수 있는 한 최대한 멀리 가는 것이었다. 업타운에서 미드타운까지 걸어서도 다니는데 뭐가 어려울까 싶었다. 하지만 처음의 굳은 결심과 달리 나는 결국 반도 못 간 채 메트로폴리탄 미술관 쪽 출입구로 나올 수밖에 없었다. 이 공원은 너무도 거대하고 복잡했으며 여기저기로 길이 뻗어 있어 도저히 일자로 쭉 나아갈 수가 없는 것이다. '아, 이건 불가능한 일이구나!'라는 것을 깨닫고 일찌감치 벤치에 앉았다. 빠르게 뛰어가는 뉴요커를 뒤로한 채 미리 준비했던 간식을 꺼내 입에 넣고 보니 운동 좀 했다고 마트에서 산 특별할 것 없는

음식도 꿀맛이었다. 저마다의 방식으로 센트럴 파크를 누리는 뉴요커를 배경 삼아 나만의 피크닉을 잠시 즐긴 후 5번가로 탈출하며 '그래, 사실 나는 달리기보단 걷는 걸 좋아했었지!'라는 사실을 다시금 되새겼다. 그날 이후로 나는 센트럴 파크를 남북으로 가로지를 생각은 하지 않는다. 그냥 지나가다 보이는 출구로 들어가 보이는 출구로 나오는 일을 반복할 뿐.

뉴욕 한복판에서 뉴요커의 삶에 깊게 뿌리내린 센트럴 파크는 무수히 많은 얼굴을 가지고 있다. 지친 이에겐 휴식을, 어린 이에겐 힘차게 뛰놀 수 있는 놀이터를, 관객에겐 공연장을, 누군가에겐 추모의 장소이자 또 다른 이에겐 매일의 루틴이 되어 주는 그런 공간이다. 굳이 몸에 맞지 않는 옷을 억지로 입고 다른 사람들을 쫓아 매일 조깅을 하겠다는 생각은 어리석은 것이었다. 그저 센트럴 파크의 수많은 역할 중 나에게 맞는 것을 찾아 마음껏 누리면 되는 것이다.

나에게 센트럴 파크란? 지름길이다.

TIP. 센트럴 파크 둘러보기

1. 쉽 메도우(Sheep Meadow)

센트럴 파크에서 고층 빌딩뷰와 더불어 일광욕과 피크닉을 즐기기 가장 좋은 장소로 여름에는 무료 영화 상영회가 열리기도 한다. 실제로 양들을 방목해 키우던 목초지였으며 근처에 양치기들이 살던 빌딩은 태번 온 더 그린(Tavern on the Green)이라는 유명 레스토랑이 되었다.

2. 스트로베리 필즈(Strawberry Fields)

그룹 비틀즈의 멤버 존 레논이 센트럴 파크 맞은편에 있는 다코타 아파트에서 피습당하여 사망한 후 조성된 추모 공간이다. 이곳에는 그를 그리워하는 팬들의 꽃이나 편지 등이 항상 놓여 있다.

3. 베데스다 분수(Bethesda Fountain)

예루살렘의 베데스다 연못을 모티브로 만들어진 분수로 물의 천사(Angel of the Waters)라 불리는 조형물이 가운데에 있다. 센트럴 파크의 중앙에 위치한 만남의 장소이기도 하며 이곳에서 영화와 드라마는 물론 웨딩 촬영도 한다.

4. 보트하우스(Boat House)

센트럴 파크에는 보트를 빌려주는 액티비티가 있다. 보트 위에서 즐기는 경치는 물론 유서 깊은 레스토랑이 있어 호수 뷰와 함께 낭만적인 식사도 가능하다.

5. 재클린 케네디 오나시스 호수(Jacqueline Kennedy Onassis Reservoir)

센트럴 파크에 있는 7개의 호수 중 가장 큰 규모이며 2.5km에 달하는 호수를 둘러싼 산책로는 조깅하기에 좋다. 뉴욕시에 많은 공헌을 한 전 영부인 재클린 케네디에 대한 헌사로 그녀의 이름을 따 지어졌다고 한다.

6. 더 몰(The Mall)

센트럴 파크의 유일한 직선 산책로다. 이 거리는 양쪽으로 나무와 벤치들이 쭉 늘어서 있어 휴식을 취할 수 있다. 또 길을 따라 걷다 보면 기념품과 음식을 파는 가판대와 거리 공연을 하는 아티스트도 만날 수 있다.

7. 더 그레이트 론(The Great Lawn)

센트럴 파크에서 가장 넓은 잔디밭이다. 야구와 농구 등을 즐길 수 있는 스포츠 경기 시설이 있으며 여름에는 무료 콘서트가 열린다.

8. 셰익스피어 인 더 파크(Shakespeare in the Park)

매년 여름 센트럴 파크 야외극장에서 무료로 상영되는 셰익스피어 공연 시리즈다. 종종 메릴 스트립, 앤 해서웨이, 덴젤 워싱턴 등 유명 배우가 무대에 올라 즐거움을 더한다. 단, 티켓의 수량은 한정되어 있기 때문에 서둘러 줄을 서야 한다.

New York

뉴욕의 야경을 보고 싶다면 브루클린 브리지로

브루클린은 맨해튼, 퀸즈, 브롱스, 스태튼 아일랜드와 함께 뉴욕의 5개 자치구 중 하나로 뉴욕에서 가장 많은 인구와 미국에서 가장 많은 인종이 거주하고 있다. 덤보, 윌리엄스버그 등의 지역으로도 잘 알려져 있으며 다양한 문화의 유입으로 내딛는 발걸음에 따라 시시각각 변하는 분위기가 특징이다. 구역구역마다 각각의 문화적 특색을 뽐내듯 사람과 거리 풍경이 바뀌고 감성이 듬뿍 담긴 그래비티를 곳곳에서 목격할 수 있다.

브루클린에는 유대인 구역이 있어 랍비(Rabbi)들도 굉장히 많은데 당시의 나는 이 사실을 몰랐다. 브루클린 여기저기를 탐색하다 어느 한적한 주거지에 들어섰고 TV에서나 보던 전통 복장 차림의 유대인 한 명이 지나가는 것을 발견했다. 그는 내가 태어나서 처음 본 유대인이었으며 검은색 모자에 검은 정장, 긴 수염에 구레나룻을 길러 파마한 모습이 신기했다. 호기심 가득한 마음에 주위를 둘러보려고 고개를 돌리던 그때, 어디선가 나를 향해 소리치는 형체 없는 목소리가 들렸고 나는 그 자리에 굳을 수밖에 없었다. 한 유대인 소년이 머리에 손을 괴고 집 베란다에 누워 나를 구경하고 있었으며 스산함을 풍기는 동네엔 온통 전통 복장을 입은 유대인들만 보였다. 그들의 눈빛엔 적대감이 가득했고 멋대로 본인들 구역에 침범한 유색 인종인 나에게 경고를 보내고 있었다. 머리가 빙빙 도는 공포를 경험한 나는 서둘러 이곳을 벗어나기 위해 한참을 걷고 또 걸었다. 그러나 아무리 걸어도 거리엔 랍비들만 보였다. 내 생각보다 브루클린은 훨씬 컸고, 유대인 거주 구역 역시 넓었던 것이다.

과거의 브루클린은 가난한 유럽 이민자들과 맨해튼의 비싼 집값과 물가를 감당하지 못하고 도망친 뉴욕 시민들이 모여 사는 값싼 주거지라는 이미지가 컸다. 낡고 어두운 건물은 을씨년스러운 분위기를 풍겼고 한낮에도 크고 작은 범죄가 발생하는 우범 지역으로 여겨진 탓에 타 지역 사람들은 브루클린을 찾지 않았다. 그러나 수많은 예술가들이 이곳에 정착해 색깔을 입혔고 문화와 예술의 성지로 브루클린이 주목받기 시작했다. 어느새 젊고 트렌디한 사람들이 모이는 관광 명소로 탈바꿈한 브루클린은 현재 많은 방문객들을 맞이하고 있으며 예술적이고 감각적인 상점이 즐비한 거리엔 활기가 넘친다. 뉴욕 여행객들은 브루클린에 있는 카페를 투어하고 유명한 맛집에서 브런치를 먹으며 주말이면 이곳의 플리마켓을 구경한다.

브루클린은 한나절의 방문이 아닌 며칠씩 머무르며 좀 더 알고 싶은 동네다. 수요가 있는 만큼 호텔들이 늘어나고 있으며 곳곳에선 크고 작은 개발이 진행 중이다. 하지만 이런 변화엔 씁쓸한 이면이 있다. 브루클린만의 독특한 문화 형성에 기여했던 기존 거주자들이 자연스레 오른 집세와 물가를 감당하지 못하고 하나둘씩 이곳을 떠나고 있다고 한다. 맨해튼에서 버티지 못해 브루클린으로 왔으나 또다시 밀려 떠나게 되는 그들의 다음 행선지는 어디일까.

뉴욕 맨해튼에서 강 건너 브루클린으로 이동하는 방법에는 지하철, 택시, 버스 등 여러 가지가 있다. 그중에서 뚜벅이 여행자에게 가장 어울리는 방법은 단연코 튼튼한 두 다리로 걸어가는 것이다. 이스트강을 사이에 두고 서로 마주 보는 맨해튼과 브루클린은 도보 이용자를 위해 교량으로 연결되어 있다. 이것이 바로 그 유명한 브루클린 브리지(Brooklyn Bridge)다.

브루클린 브리지 건너기는 내가 뉴욕에서 꼭 하고 싶었던 것 중 하나였다. 맨해튼 남단과 브루클린을 잇는 약 1km의 브리

지는 뉴욕에서 가장 아름다운 다리로 꼽힌다. 천천히 걸으면 1시간 정도 걸리는 거리로 다리치고는 긴, 아름다운 광경을 담기에는 짧은 다리다. 대부분의 관광객들은 뉴욕의 아름다운 풍경을 눈과 사진기에 담으며 느린 걸음으로 다리를 건너고, 자전거를 타거나 조깅을 하는 뉴요커도 많이 보인다. 자동차가 다니지 못하기 때문에 맨해튼과 브루클린을 오가며 안전하게 운동도 할 수 있어 1석 2조다.

뉴욕의 자유로운 영혼이었던 나는 브루클린 브리지를 여러 차례 왕복할 수 있었고 덕분에 하나의 진리를 깨달았다. 만약 시간 제약 때문에 브루클린 브리지를 딱 한 번만 건널 수 있다면 반드시 해 질 녘이나 늦은 밤, 브루클린에서 맨해튼 방면으로 건너야 한다는 것이다. 나는 낮에 맨해튼에서 다리를 건너 브루클린에서 시간을 보낸 뒤 해 질 무렵에 다시 브루클린에서 맨해튼 쪽으로 건너오는 것을 좋아했다. 브루클린을 뒤로한 채 맨해튼을 배경으로 펼쳐지는 아름다운 일몰과 반짝이는 불빛이 빚어내는 도시의 야경은 살면서 한 번쯤은 눈에 담아 봐야 하는 장관이다. 부푼 마음을 안고 브루클린 브리지 위에서 맨해튼 스카이라인을 바라보며 걷던 1시간 남짓의 시간은 눈 깜짝할 새에 지나갔으며 다음 만남을 기대하게 한다.

한 번의 방문만으로 브루클린을 이해하고 만족하긴 어렵다. 먹거리와 볼거리 많은 브루클린은 맨해튼과 더불어 뉴욕이라는 도시를 가장 잘 보여 주는 동네라 해도 과언이 아니다. 전 세계 다양한 문화가 공존하여 한 가지 색이 아닌 여러 가지 색을 뿜어내고 그 색들이 어우러져 하나의 브루클린, 또 따른 뉴욕을 만들어 낸다.

New York

뉴욕에서 메트로 카드가 고장 났을 때

세계의 경제, 사회, 문화, 엔터테인먼트 중심이라 할 수 있는 뉴욕은 관광 명소는 물론 일자리도 차고 넘친다. 명성에 걸맞게 미국 내에서도 높은 인구 밀도를 자랑하며, 거주민 외 뉴욕으로 출퇴근하는 직장인과 전 세계에서 몰려드는 방문객들로 인하여 자연스레 대중교통이 발달되었다. 특히 뉴욕의 중심 맨해튼은 세계에서도 손꼽힐 정도로 교통 체증이 심한 것으로 유명하여, 대부분의 뉴요커들은 자동차보단 대중교통이나 도보를 이용해 움직인다.

뉴욕의 교통수단은 매우 다양하다. 뉴욕에는 JFK 공항을 포함하여 3개의 국제공항이 있고 워싱턴, 보스턴, 시카고 등 미국 내 주요 도시를 연결하는 철도인 암트랙(Amtrack)이 있다. 또한 아름다운 기차역으로 유명한 그랜드 센트럴 터미널(Grand Central Terminal)에선 할렘을 지나 워세익, 포킵시, 뉴헤이븐 등 뉴욕 근교로 향하는 열차를 이용할 수 있다. 이밖에도 스태튼 아일랜드를 오가는 통근용 페리, 루스벨트 아일랜드를 오가는 트램, 뉴욕의 택시로 잘 알려진 옐로우 캡(Yellow Cab) 등이 있으며 무수히 많은 버스와 지하철이 24간 내내 뉴욕 곳곳을 누빈다.

교통수단이 다양한 만큼 뉴욕에선 무료 셔틀부터 값비싼 항공권까지 선택할 수 있는 요금의 종류도 다채롭다. 그러나 기본적으로 뉴욕은 전 세계에서 교통비가 비싸기로 유명한 도시 중 하나다. 지하철 한 번 타는데 3달러가 기본이니 더 이야기할 것도 없다. 이런 비싼 요금으로 대부분의 사람들은 뉴욕의 교통 카드인 메트로 카드(Metro Card)를 충전하여 사용하거나 정해진 기간 동안 무제한으로 탈 수 있는 정기권(Unlimited Pass)을 구매한다. 금액 충전식은 할인이 적용되고 정기권은 1일, 7일, 30일의 정해진 기간 동안 무제한으로 이용할 수 있어 비교적 합리적이다.

한 달이나 체류하는 여행자였던 나는 당연히 메트로 카드 30일 정기권을 구매해서 사용하고 있었다. 보통 맨해튼의 웬만한 거리는 걸어 다녔지만 숙소 근처에서 조금 떨어진 곳에서 일정을 시작할 때면 42번가 '포트 어소리티 버스 터미널' 역이나 '타임스 스퀘어' 역에서 하루를 시작하곤 했다. 뉴욕의 대중교통에 익숙해

TIP. 그랜드 센트럴 터미널 둘러보기

그랜드 센트럴 터미널은 1896년 기차역으로 개장한 이후 지금까지 역사적, 건축학적으로 뉴욕의 상징적인 랜드마크다. 44개의 플랫폼과 67개의 선로를 가진 세계에서 가장 큰 역으로 현재는 할렘선, 허드슨선, 뉴헤이븐선 3개의 노선만 운영 중이며 순수 통근객보다 방문객이 더 많다. 건물 외부의 미네르바, 헤라클레스, 머큐리 조각상과 내부 중앙홀 23m 높이의 아치형 창문과 2,500개의 별로 뒤덮인 천장은 놓치지 말아야 할 포인트이다. 터미널에는 쇼핑센터, 애플 스토어, 테니스 코트 등이 있고 뉴욕의 유명한 레스토랑 '오이스터 바'를 비롯한 슈퍼마켓, 기념품 가게 등 다양한 상점들이 즐비하여 볼거리와 먹거리가 가득하다.

져 가던 어느 날, 여느 때와 마찬가지로 그날의 시작을 위해 지하철역으로 향했다. 그리고 개찰구에 메트로 카드를 긁고 지나가려는데 뜻대로 되지 않았다. 자꾸 오류가 나며 문이 돌아가지 않는 것이다. 카드를 빠르게도 긁어 보고 천천히도 긁어 봤지만 결과는 마찬가지였다. 당황해서 이러지도 저러지도 못하던 그때 맘씨 좋은 한 뉴요커가 다가와 카드에 문제가 있는 것 같으니 역무원한테 가서 이야기하면 된다고 알려 주었다.

나는 바로 역무원을 찾아 나섰고 자초지종을 설명했다. 직원은 카드를 확인하더니 마그네틱이 손상되어 이 카드는 이제 더 이상 쓸 수 없다고 하는 것이다. 이럴 수가! 내 카드의 사용 기한은 반 이상 남아 있었고 뉴욕에서의 나의 여정도 마찬가지였다. 당황스러운 마음에 그럼 이제 어떻게 하면 되는지 물으니 그가 내게 종이 한 장을 건네줬다. 남은 기간만큼의 금액을 환불받으려면 어딘가로 가서 이 클레임 양식을 접수해야 한다는 말을 덧붙이며 말이다.

지하철은 타 보지도 못하고 외출에 나선 지 30분 만에 다시 숙소로 돌아왔다. 처음의 당혹감은 어느새 분노로 바뀌어 씩씩거리며 클레임 양식을 작성하기 시작했다. 마침 청소하러 온 매니저에게 오늘 아침에 겪었던 일을 하소연하니 그의 반응이 대수롭지 않았다. 늘 있는 일이니 오늘 내가 겪은 일은 별것도 아니라

했다. 그래도 한차례 쏟아 내고 나니 기분이 조금 풀렸다. 그렇게 마음을 다 잡고 맨해튼 저 남쪽 끝에 있다는 메트로폴리탄 교통 공사(Metropolitan Transportation Authority) 고객 서비스 센터를 찾아가기 위해 오늘 하루만 두 번째로 길을 나섰다. 클레임을 접수하기 위해서는 지하철을 타야 했고 교통 카드를 새로 구매한 것은 덤이다.

고객 서비스 센터에 도착하니 이미 많은 사람들이 줄을 서 있었다. 아무래도 나와 같은 불편을 겪은 사람들이리라 예상됐다. 인터넷에 '뉴욕 메트로 카드 고장'만 검색해도 여러 후기가 나올 만큼 이런 일이 뉴욕에선 비일비재했다. 뉴욕 메트로 카드는 1회성 카드가 아니다. 예를 들어, 내가 쓰던 카드를 반납하면 그 카드는 폐기되는 것이 아니라 다른 주인을 찾아간다. 물론 경제적, 환경적으로 재사용하는 것은 좋은 일이지만 노후된 카드의 마그네틱 손상은 꽤나 성가신 일이다. 그러나 뉴요커들에게는 불편함도 일상이었다.

나는 내가 영어 스피킹을 이렇게 잘하는지 이날 처음 알았다. 아무래도 극한 상황에서는 저 멀리 잠재되어 있던 능력이 발휘되는 모양이다. 홀로 다니는 여행객이다 보니 사실 식당에서 음식을 주문하거나 물건을 살 때 하는 짧은 생존 영어 말고는 뉴욕에서 말할 일이 거의 없었다. 오죽하면 한국어마저 까먹을 지경에 이르러 역시 언어는 안 하면 까먹는다는 진리를 다시 한번 깨달았다. 그러나 뜻하지 않게 발생한 클레임 상황으로 나는 그동안 뉴욕에서 했던 말을 전부 합친 것보다 이날 하루 동안 더 많은 말을 했다. '아, 나 영문학도였지!'

뉴욕 일정을 마치고 한국으로 돌아온 지 얼마 되지 않아 메트로폴리탄 교통공사에서 온 한 통의 우편을 받았다. 바로 치열했던 그날의 결과물이다.

TIP. 뉴욕의 교통 카드

1. 메트로 카드(Metro Card)
가장 일반적으로 널리 사용되는 교통 카드다. 1회권, 금액 충전권, 무제한 정기권(1일, 7일, 30일)이 있으며 뉴욕 메트로폴리탄 교통공사에서 운영하는 버스, 지하철, 스태튼 아일랜드 페리, 루스벨트 아일랜드 트램 등의 이용과 환승이 가능하다. 카드 구매 시 $1의 비용이 발생한다.

2. 옴니(OMNY, One Metro New York)
승차권 구매 없이 본인 명의의 신용 카드로 사용할 수 있는 신규 교통 시스템이다. OMNY사이트에 컨택트리스 카드 등록 후 간단한 태그와 함께 이용할 수 있으며 월요일~일요일 사이 같은 카드로 12회 이상 탑승하면 그 기간 동안 추가 요금이 발생하지 않는다. 환승도 같은 카드로 해야 적용된다.

MTA
Customer
Service
Entrance
Reduced Fare

New York

여자 혼자
할렘에서 밥 먹기

뉴욕에서 가장 위험한 지역을 꼽으라면 100이면 100 할렘(Harlem)이라고 이야기할 것이다. 총기, 마약, 폭력 등 각종 범죄의 온상으로 악명을 떨치며 대표적인 우범 지역으로 분류되기 때문이다. 할렘은 맨해튼 내 가장 저렴한 땅값으로 경제적으로 부유하지 못한 흑인과 라틴계 이민자들이 모여 빈민가를 형성하였고, 오랜 세월 빈곤의 상징으로 여겨졌다. 대부분의 사람들은 할렘을 대낮에도 빈번하게 사건 사고가 발생하고 밤이면 인적이 아예 끊길 정도로 범죄가 득실거리는 곳이라고만 생각할 것이다. 그러나 할렘은 흑인 문화의 발상지이자 역사적 건물들이 있는 명소로서 방문할 가치가 충분한 관광지이기도 하다.

할렘에는 미국 아이비리그 중 하나인 컬럼비아대학교가

있고, 100년이 넘는 역사를 자랑하는 아폴로 극장(Apollo Theater)도 있다. 이뿐만 아니라 흑인 문화를 소개하는 할렘 스튜디오 미술관이 있으며 고야와 벨라스케스 등 유명 스페인 작가의 그림을 무료로 볼 수 있는 스페인 미술관, 가스펠과 재즈를 즐길 수 있는 교회와 클럽도 있다. 그리고 무엇보다 소울 푸드의 정수를 맛볼 수 있는 레스토랑이 있다. 이렇듯 할렘에는 이곳에서만 경험할 수 있는 볼거리, 먹거리, 즐길 거리가 가득하다.

문제는 동양인 여자, 다시 말해 나 혼자 할렘에 가야 한다는 사실이다. 요즘은 많이 나아졌다고는 하지만 내가 방문했을 때만 해도 여전히 할렘은 악명이 자자했다. 그럼에도 뉴욕에서 한 달이나 머물며 한 번도 시도하지 않기에는 나는 다소 용감하고 무모하며 도전 정신이 투철했다. 할렘을 방문하기로 결심한 가장 큰 이유 중 하나는 바로 소울 푸드를 맛보기 위해서다. 소울 푸드는 미국 남부식 전통 음식으로 아프리카계 미국인들로부터 시작됐다. 그리고 뉴욕 할렘에는 소울 푸드 맛집이 있다. 이것만으로도 할렘에 가야 할 이유는 분명해졌다.

할렘으로 출발하기에 앞서 나는 몸에서 모든 반짝이는 장신구를 빼고 최대한 눈에 띄지 않는 그레이 앤 블랙 톤의 옷차림으로 숙소를 나섰다. 지하철이 125번가를 향해 갈수록 미묘한 변화를 체감할 수 있었는데, 한 정거장 한 정거장 탑승객이 점점 줄

APOLLO

더니 어느새 내가 앉아 있던 칸 안에는 흑인들과 나만 남아 있었다. 이게 이렇게까지 티 나게 변할 일인가 싶었지만 역 밖으로 나와도 사정은 크게 달라지지 않았다. 이곳에 동양인은 나밖에 없나 싶을 정도로 벽돌색 가득한 한산한 거리엔 몇몇 흑인과 바지에 체인을 주렁주렁 단 라티노들만 걸어 다니고 있었다. 그동안 내가 지나다니던 맨해튼과는 다소 다른 풍경에 조금 놀랐지만, 서둘러 목적지로 발걸음을 옮겼다. 사실은 가만히 서서 이리저리 고개를 돌리고 있는 모습이 더 위험할 것 같았다.

소울 푸드 레스토랑에 도착하자 맛집 인증이라도 하듯 입구부터 가게 앞은 많은 사람들로 붐볐다. 심지어 웨이팅 라인까지 있었는데 나는 여기서 난생처음 인종 차별을 경험했다. 무뚝뚝한 표정을 한 종업원이 내가 바로 앞에서 줄을 서고 있었음에도 나보다 뒤에 온 백인들을 먼저 입장시키는 것이다. 처음엔 실수라 여겼지만 세 번째 반복되자 그건 더 이상 실수가 아니었다. 흑인에게 차별받는 동양인 스토리는 무수히 많이 들어 봤지만, 그동안 뉴욕에서 만난 모든 이들이 호의적이었기에 내게도 이런 일이 일어날 거라고는 생각지도 못했다. 평소보다 허름하게 입어서 그런가 싶기도 하고 혼자라 그런가 싶기도 하고 만감이 교차했다.

투명 인간처럼 나의 존재를 무시하던 그 직원에게 항의를 하니 그제야 뾰로통한 표정으로 테이블을 내어 줬다. 안내받은 자

리에 앉으니 다행히 더 이상의 차별은 없었다. 오히려 가게 안의 직원들은 유쾌했고 모두 밝은 표정으로 일하고 있었다. 처음으로 접했던 소울 푸드는 프라이드치킨과 계란프라이, 감자로 나에게도 무척 익숙한 맛이었다. 아는 맛이 더 무섭다고 당연히 맛이 없을 수 없었다. 무엇보다 흑인 가수가 테이블 사이사이를 다니며 노래를 부르는데, 그녀가 눈앞에서 불러주던 소울 가득한 라이브는 그 순간을 더욱 특별하게 만들었다. 소울 푸드와 소울 가득한 흑인 음악의 조화라니!

사실 아직까지도 할렘은 동양인, 그것도 여자 혼자 맞닥뜨

리기에 만만한 곳이 아니다. 특히 밤에 이 지역을 돌아다니는 것은 절대 금물이다. 하지만 무작정 겁에 질려 놓치기엔 할렘이 품고 있는 반짝임이 너무 많다. 할렘의 명소를 둘러보는 관광 프로그램이나 시티 투어 버스도 있으니 한 번쯤 시간 내어 방문해 보자. 우범 지역이 아닌 흑인 문화와 예술, 공연의 성지로서 할렘 르네상스를 만나게 될 것이다.

TIP. 아폴로 극장

뉴욕 할렘에 위치한 역사적 건물이자 공연장인 아폴로 극장은 루이 암스트롱, 스티비 원더, 마이클 잭슨 등 유명한 흑인 뮤지션들이 거쳐간 소울 음악의 성지와도 같은 곳이다. 재즈, R&B, 소울, 가스펠 등 다양한 장르의 음악을 선보이며 코미디와 강연, 댄스 등의 공연도 열린다. 특히 재능 있는 뮤지션을 찾기 위해 매주 수요일 저녁에 진행되는 '아마추어 나이트' 프로그램은 스타들의 등용문으로 여겨지며, 잭슨 파이브가 이곳에서 처음으로 공연을 시작한 것은 유명한 일화다. 사전에 온라인에서 티켓 예매가 가능하다.

STOP

New York

뉴욕의 길거리 음식 맛보기

저렴하고 간단하게 즐길 수 있는 길거리 음식은 화려한 레스토랑에서 파는 정갈한 음식과는 달리 그곳에 사는 사람들의 진짜 모습을 닮아 있다. 낯선 곳에서 그 지역의 특색을 담은 거리의 음식을 맛보는 것은 떠나 본 사람만이 누릴 수 있는 특권이며 여행 중 잊지 못할 경험이 되기도 한다. 뉴욕에도 뉴욕 사람들을 닮은 길거리 음식들이 많다. 우리나라 길거리 음식이 떡볶이, 순대, 어묵, 붕어빵으로 대변된다면 뉴욕에는 핫도그, 프레첼, 베이글, 도넛, 쿠키 등이 있다.

뉴욕을 걷다 보면 한 블록 걸러 하나 마주치게 되는 것이 거리의 노점상과 푸드 트럭, 신문 가판대다. 재밌는 점은 이런 가게들이 모여 있는 구역이 따로 있는 것이 아니라 사람과 건물이 있는 곳이라면 어디든 있다는 사실이다. 실제로 뉴욕시는 노점상이 도시의 활력과 다양성에 기여한다고 보고 노점상의 허가를 점차적으로 확대해 가는 중이라고 한다.

미국 영화나 드라마를 보면 오피스 건물 앞 노점에서 아침마다 커피와 베이글을 사서 출근하는 직장인의 모습이 자주 나온다. 드라마 〈슈츠〉(Suits)에서는 매 에피소드마다 비싼 양복을 차려입은 변호사들이 노점에 들른다. 회사 앞 그 작은 가게는 드라마 속 또 하나의 배경이며 베이글을 베어 무는 주인공의 모습은 트레이드마크다. 직접 목격한 실제 뉴요커의 생활도 영화, 드라마와 별반 다르지 않았다. 오전 출근길과 점심시간 건물 앞 노점에는 항상 줄이 길게 늘어서 있었고, 계단에 앉아 음식을 먹는 학생들을 만나는 건 어렵지 않았다.

생소한 식재료로 만들어져 도전 정신이 필요한 이름 모를 음식들과 달리 뉴욕의 길거리 음식은 낯설거나 어렵지 않다. 모두 한 번쯤은 먹어 봤고 이미 누군가는 즐겨 먹는 것일 수도 있다. 뉴욕의 길거리 음식 중 가장 유명한 것을 꼽자면 바로 할랄가이즈(The Halal Guys)가 아닐까 한다. 할랄가이즈는 뉴욕 현대 미술관 근처에서 노란 옷을 맞춰 입은 중동 청년들이 운영하는 푸드 트럭으로 이슬람 음식인 할랄 푸드(Halal Food)를 판매한다. 뉴욕에서 꼭 맛봐야 할 음식이 할랄 푸드라니 의아할 수도 있겠지만, 이 푸드 트럭은 뉴욕을 대표하는 길거리 음식이자 뉴요커들의 사랑을 받는 맛집 중 하나다. 할랄가이즈 플래터 하나 사서 뉴요커처럼 근처 계단에 털썩 주저앉아 먹는 행위는 여행객들의 To Do List가 되었고, 트럭 앞은 항상 다양한 인종과 언어로 뒤섞여 붐빈다. 뉴욕에서 한국인을 제일 많이 본 장소도 할랄가이즈 앞이다. 할랄가이즈의 하얀 소스, 빨간 소스의 맛을 못 잊어 뉴욕에서 다시 먹고 싶은 음식으로 이 할랄가이즈가 빠지지 않고 언급되는 것을 보면 뉴욕의 맛집이 맞긴 한가보다. 물론 한국에서도 할랄가이즈를 만날 수 있지만 현지 푸드 트럭 앞에서 먹는 그 맛과 분위기는 뉴욕이 아니면 알 수 없다.

나에게도 다시 먹고 싶은 뉴욕의 길거리 음식이 있다. 그것은 뉴욕에서만 만날 수 있는 넛츠4넛츠(Nuts4Nuts)다. 넛츠4넛츠는 아몬드, 땅콩, 캐슈너트 등의 견과류를 꿀과 함께 볶아 캐러멜라이즈드한 뉴욕에서 가장 저렴한 길거리 음식이다. 작은 카트 하나로 시작한 넛츠4넛츠는 현재 뉴욕 시내에 100개가 넘는 넛츠 카트를 운영하고 있어 실제로 가장 많이 눈에 띄던 스트리트 푸드 체인 노점이다.

어느 늦은 저녁 쇼핑에 지친 몸을 이끌고 숙소로 돌아가는 길이었다. 어디선가 나는 달짝지근한 냄새에 홀려 바라본 곳엔 넛츠4넛츠 푸드 카트가 서 있었다. 마침 당이 떨어졌던 나는 한 봉지를 구매했고 그 자리에서 바로 한 봉지를 탈탈 털어 먹었다. 그것은 여느 비싼 초콜릿보다 달콤하고 고소했으며 멈출 수 없는 맛이었다. 이후로 나는 뉴욕에서 에너지 충전이 필요할 때면 넛츠를 사 들고 걸었다. 특히 맥주 안주로도 안성맞춤이라 하루 일과를 마치고 돌아오는 길에 넛츠4넛츠 푸드 카트가 보이면 잊지 않고 꼭 한 봉지씩 사곤 했다.

'맥주 한 모금에 넛츠 하나. 여기가 천국인가 보오.'

TIP. 뉴욕의 야외마켓

뉴욕에서 다양한 길거리 음식을 접할 수 있는 최고의 방법은 야외마켓을 방문하는 것이다. 뉴욕에는 플리마켓, 그린마켓, 푸드마켓 등 다양한 야외마켓이 주기적으로 열린다. 길 하나를 통째로 빌려서 하는 페스티벌도 있고 직접 키운 농작물을 판매하는 파머스마켓도 있다. 보통 주말에 열리는 야외마켓에서는 맛 좋은 스트리트 푸드와 양질의 핸드메이드 제품은 물론이고, 바삐 움직이며 일하는 뉴요커의 무뚝뚝한 얼굴 대신 가족, 연인, 친구와 함께하며 여유롭게 일상을 즐기는 뉴요커의 진짜 얼굴도 볼 수 있다.

※ 일정은 날씨 및 업체 사정에 따라 변경될 수도 있으니 사전에 미리 확인하고 방문하길 권한다.

1. 유니언 스퀘어 그린마켓(Union Square Greenmarket)

매주 월, 수, 금, 토요일에 유니언 스퀘어에서 열리는 그린마켓이다. 평일보단 주말에 제품이 더 다양하며 가지각색의 꽃, 신선한 과일과 채소, 직접 만든 유기농 잼과 꿀 등을 판매한다.

2. 첼시 플리마켓(Chelsea Flea Market)

첼시 플리마켓은 매주 토, 일요일 맨해튼에서 열리는 벼룩시장이다. 빈티지 의류, 골동품, 그림, 보석, 수공예품 등 다양한 제품을 판매하며 자세히 둘러보면 득템할 수 있는 기회들이 많다.

3. 스모가스버그(Smogarsburg)

3~10월 매주 토요일 브루클린 윌리엄스버스에서 열리는 야외 푸드마켓이다. 아이스크림, 버거, 스테이크, 샌드위치 등 75개 이상의 노점상과 강 건너 보이는 스카이라인이 인상적인 곳이다. 오로지 뉴욕 스트리트 푸드에 집중하고 싶은 사람에게 추천한다.

4. 덤보 플리마켓(Dumbo Flea Market)

브루클린 플리마켓 중 맨해튼 브리지 고가 도로 아래에서 매주 일요일 열리는 뉴욕 최고의 벼룩시장이다. 빈티지, 앤티크, 의류 등 비싼 골동품부터 저렴한 액세서리까지 다양한 잡동사니를 판매한다.

New York

잠시 머물다 떠날 테지만
그래도 단골 카페

단골은 사람일 수도 있고 장소일 수도 있다. 가까이에 있는 곳, 자주 가는 곳, 맛있는 곳, 저렴한 곳, 주인이 나를 알아보는 곳 등등. 단골에 대한 개념은 사람마다 조금씩 다르다. 내 기준에서 단골은 두 번 이상 방문하고 다음번 방문을 또다시 기약하는 곳이다. 그러나 여행지에서 같은 곳을 두 번 이상 간다는 것은 그리 쉽지 않은 일이다. 그럼에도 뉴욕에는 베이커리, 식당, 카페까지 메뉴별로 내 단골집이 몇 군데 있었다.

대부분의 뉴욕 방문객들은 타임스 스퀘어와 록펠러 센터, 엠파이어스테이트 빌딩 등이 있는 미드타운이나 월스트리트와 배터리 파크, 소호, 그리니치 빌리지 등이 있는 다운타운에서 많은 시간을 보낸다. 관광 명소와 랜드마크가 몰려 있는 지역이니 당연한 이야기다. 나 역시 한 번씩은 다 방문해 본 곳이다. 그러나 뉴욕이라는 화려한 도시에서 30일이라는 시간을 보내며 내가 가장 많이 방문한 단골 지역은 맨해튼 업타운이다. 특별한 이유나 목적이 있어서라기보다는 반듯한 모양의 동네를 하염없이 걷는 것이 편하고 좋았다. 아침에 일어나서 오늘 할 일이 생각나지 않으면 그냥 업타운으로 출발하곤 했다.

어퍼웨스트사이드와 어퍼이스트사이드로 대변되는 업타운은 형형색색의 네온사인이나 초고층 빌딩 대신 주거용 맨션이나 대저택이 주를 이룬다. 깨끗하고 정돈된 거리에서는 외부인보단 우아하고 세련된 차림의 거주민이나 아이를 돌보는 보모들, 도그 워커들이 눈에 띈다. 어퍼사이드는 뉴욕 맨해튼의 대표적인 부촌이자 뉴요커들이 선망하는 주거지다. 센트럴 파크 서쪽 어퍼웨스트에는 아이를 키우는 중산층 가족, 전문직 종사자, 할리우드 스타 같은 부유한 예술가들이 많이 살고 뮤지엄, 고급 부티크 등이 모여 있는 센트럴 파크 동쪽 어퍼이스트에는 세계 최고의 부호들이 거주한다. 보통 어느 정도 경제력을 갖춘 뉴요커들은 결혼하거나 아이를 낳으면서 업타운으로 이사 가고 싶어 한다. 그리고 바로 이곳에 내 단골집이 있다.

아침 식사를 하지 않는 내가 물을 제외하고 하루 중 가장 처음 먹는 것은 언제나 커피다. 학교를 다닐 땐 커피를 들고 수업

Cafe Lalo
Cappuccino
Espresso
A

에 들어갔고, 회사에 출근해서 가장 먼저 하는 일은 커피를 마시는 것이었다. 뉴욕에서도 역시 커피 한 잔으로 하루를 시작했다. 매일 다른 카페를 번갈아 방문하며 그곳만의 맛과 분위기를 경험하는 것은 나에게 중요하고도 재미있는 일이었다. 뉴욕은 나의 커피 취향마저 바꿔 놓았는데, 휘핑크림 잔뜩 올려진 달달한 커피만 마시던 어린이 입맛에서 어느덧 씁쓸한 아메리카노에 밀크를 넣어 마실 줄도 아는 어른이 되어 있었다.

조용하고 한적한 어퍼웨스트사이드 주택가에는 내가 제일 좋아하는 단골 카페가 있다. 프랜차이즈 커피숍이 난무하는 요즘 뉴욕의 터줏대감과도 같은 카페, 카페랄로(Cafe Lalo)다. 카페랄로는 로맨틱 코미디 영화 〈유브 갓 메일〉(You've Got Mail)에서 주인공 톰 행크스와 맥 라이언이 만남을 약속한 장소로 인터넷으로 이메일만 주고받던 두 사람이 처음으로 마주하게 되는 곳이다. 여주인공 맥 라이언이 톰 행크스에게 보내는 메일에 이런 문구가 있다.

"Don't you love New York in the fall? Makes me want to buy school supplies."

뉴욕의 가을 풍경을 배경으로 하는 이 영화처럼 카페랄로를 처음 방문한 건 9월의 어느 날이었다. 밝은 햇살이 들어오는 통유리와 프랑스 빈티지풍의 아기자기하고 로맨틱한 실내는 세월이 무색할 만큼 영롱한 컬러를 뽐내며 반짝반짝 빛나고 있었다. 시그니처 메뉴인 카푸치노를 주문하고 점원이 건네주는 테이크아웃 컵을 받았을 때 나는 이곳과 사랑에 빠지지 않을 수 없었다. 쨍한 하늘색 컵에 박혀 있는 프랑스 귀부인의 요염한 자태. 보는 것만으로도 기분 좋아지는 디자인이다. 한 손에 카페랄로의 커피를 들고 화창한 어퍼웨스트를 걷노라니 절로 콧노래가 나왔다. 그야말로 커피 한 잔의 행복이다.

아침부터 늦은 새벽까지 고요한 주택가 골목에서 불을 밝히며 업타운 주민들의 등대이자 쉼터로 빛을 발하는 카페랄로. 영화에 등장하며 세계적으로 유명해졌지만, 1988년 오픈한 이래 이미 동네의 명물로 자리 잡은 지 오래였다. 집값 비싼 맨해튼 업타운에서 30년이 훨씬 넘는 세월 동안 같은 자리를 지키고 있다는 건 지역 주민의 애정과 지지 없이는 불가능하다. 그렇기에 이 작은 가게가 더욱 대단하게 느껴진다.

일회용품처럼 빠르게 생겼다 어느 순간 사라지는 세상 속에서 언제나 같은 자리에서 변치 않는 모습으로 반겨 주는 곳, 뉴욕 속 나의 단골이다.

New York

가짜 뉴요커의 맨해튼 내비게이션

뉴욕은 자타공인 국제적인 대도시지만 직접 가 본 사람은 알 것이다. 뉴욕은 크지만 맨해튼은 작다는 사실을 말이다. 맨해튼은 바둑판처럼 반듯한 격자 모양으로 도로가 동서남북으로 쭉 뻗어 있어 동서방향의 애버뉴(Avenue)와 남북방향의 스트리트(Street)만 이해해도 길 찾기의 80%는 성공이다. 여기에 센트럴파크를 중심으로 동쪽과 서쪽, 다운타운, 미드타운, 업타운으로 구분 가능하다. 바로 이 작은 바둑판이 세계를 움직이며 온 세상 사람들을 끌어당기는 뉴욕의 심장, 맨해튼이다.

원래 동네 거주민은 여기저기 돌아다니지 않고, 특히 관광객이 많은 곳엔 가지 않는 법이다. 나 역시 한국에서는 기다리는 거 싫어하고 사람 많은 곳은 피했으며, 오히려 어디에 뭐가 있고

뭐가 유명한지도 모른다. 그러나 뉴욕에서 한 달이라는 기간 동안 때론 여행자로 때론 현지인으로 지내다 보니 어느 순간 나는 진짜 뉴요커보다 맨해튼을 더 잘 아는 가짜 뉴요커가 되어 있었다. 서 있는 자리에서 주위 건물만 보고도 동서남북 구분이 가는 경지에 이른 것이다. 나에게 길을 묻는 사람이 많다는 것도 신기했지만 내가 알려줄 수 있다는 사실이 더 신기했다.

한번은 중국인 가족이 중국어로 내게 말을 걸어왔다. 그들은 같은 동양인으로서 내가 중국어를 알아들을 거라 기대했겠지만 나는 중국어를 모른다. 중학교 2학년 때 처음 중국어 학원을 한 달 다닌 후 대학교에서는 교양 과목으로, 회사 생활을 하면서는 1 대 1 비즈니스 중국어를 9개월이나 배웠음에도 왠지 입에 맞지 않는 언어다. 낯선 듯 낯설지 않은 그 언어에 그냥 지나칠 수도 있었지만 그들의 지친 표정과 암울한 분위기에 마음이 쓰여 쉽게 돌아설 수 없었다. 언어가 통하지는 않았지만 그들은 지도를 가지고 있었고, 내게 손가락으로 가고자 하는 지점을 가리켰다. 그리고 그곳은 가짜 뉴요커로 생활하던 내가 잘 아는 곳이었다. 나는 만국 공통 언어인 보디랭귀지로 온 마음을 다해 길을 설명하기 시작했다. 다행히도 그 중국인 가족이 나의 언어를 알아들었는지 밝은 표정으로 연신 '시에시에'(xièxie)를 외치며 고마움을 표하였고 내가 알려 준 방향대로 길을 떠났다. 안타까운 점은 내가 '시에시에'는 알아들었으나 거기에 응하는 대답을 못해 준 것이다. 떠나는 그들의 뒷모습을 보며 나는 생각했다. 분명히 배운 말인데…….

'천만에요. 부커치!'

길 알려 주기와 함께 뉴욕에서 가장 많이 한 일은 사진 찍어 주기다. 관광객들은 여행지에서 사진을 부탁할 만한 사람을 물색한다. 소중한 추억이 담긴 카메라와 스마트폰을 훔쳐가거나, 그

틈에 소매치기를 하거나, 사진 찍어 준 값을 요구하지 않을 만한 사람을 찾는 것이다. 나 또한 마찬가지였다. 홀로 다니는 여행객이기에 내 모습을 카메라에 담아 줄 사람을 찾을 수밖에 없었고 주로 가족 단위의 관광객들, 커플, 여자 친구들 혹은 학생들을 선택했다. 여타 관광객들의 눈에는 나 역시 카메라를 맡겨도 될 만한 안전한 인물이었는지 뉴욕에서 매일 했던 일 중 하나가 사진 찍어 주기였다. 더군다나 이런 나를 알아보는 그들은 매우 운이 좋다고 할 수 있다. 사진을 찍는 나의 솜씨는 꽤 뛰어난 편인 데다 여러 각도와 다양한 배경으로 수십 장을 찍어 주기 때문이다. 질은 물론이고 양으로 승부하며 어떤 사진이 선택받을지는 그들의 몫으로 남겨 두는 것이다. 내가 찍어 준 사진에 만족하는 그들을 보며 나도 사진을 부탁한다. 이것이 바로 여행자들의 사진 품앗이다.

"Could you please take a picture of me, too?"

New York

세상은 좁고
뉴욕은 더 좁다

우리는 '한 다리 건너면 다 아는 사이'라거나 '세상이 참 좁다'라는 말을 많이 한다. 좁은 땅에 단일 민족이 옹기종기 모여 사니 그럴 만도 하다 싶다. 그런데 한국에서 이역만리 떨어진 뉴욕에서조차 나는 또 다른 의미로 세상이 정말 좁다는 걸 몸소 체감했다. '지구는 둥그니까 자꾸 걸어 나가면 온 세상 어린이를 다 만나고 오겠네'라는 어릴 적 들었던 동요 속 가사가 마냥 허무맹랑한 것이 아니라는 것을 깨닫는 데는 그리 오랜 시간이 걸리지 않았다.

나는 처음으로 다녔던 1년간의 회사 생활을 마무리하고 뉴욕으로 왔다. 그리고 그렇게 떠나온 뉴욕에서 아주 우연히 전 직장 동료를 마주쳤다. 그 기억은 아직도 생생하다. 〈더 북 오브

몰몬〉(The Book of Mormon)이라는 브로드웨이 뮤지컬 로터리 현장이었다. 로터리 응모를 하고 당첨을 기다리는데 모자를 푹 눌러쓴 익숙한 실루엣의 한 남성이 보이는 것이다. 나와 같은 팀에서 근무했지만 별로 친하지는 않은 한때 직장 동료였던 바로 '그'였다. 뉴욕으로 연수 갔다는 이야기는 들었는데 이렇게 마주칠 줄이야!

반갑게 아는 척할 만도 했지만 그러기엔 그도 나도 살갑지 못한 성격이었다. 그를 보고서 반가웠던 마음도 잠시 나는 고민에 휩싸였다. '그도 나를 봤을까?', '아는 척할까 말까?', '이대로 돌아서 갈까 말까?' 이런저런 생각에 속이 시끄러워졌다. 찰나의 시간이 흐르고 나는 결정을 내렸다. '못 본 척하자.' 로터리 당첨자를 발표하는 순간이 다가오고 마음속으로 기도했다. 내 이름이 불리지 않기를. 다행인지 불행인지 그의 이름도 나의 이름도 불리지 않았다.

뉴욕에 머물며 2박 3일 동안 보스턴으로 여행을 간 적이 있다. 도착한 첫날, 늦은 저녁에 보스턴 미술관으로 향했고 클로징 시간이 가까워진 미술관은 텅 비어 있었다. 오히려 돌아보기 좋다 생각하며 작품들을 감상하고 있었는데 한 여성이 나에게 사진을 부탁했다. 그녀도 나와 같은 동양인이었지만 우리는 영어로 대화를 주고받았다. 같은 인종이더라도 미국 땅에서 만난 우리는 서로 어느 나라 사람인지 알 수 없었던 것이다. 그녀의 사진을 찍어 주는 것을 마지막으로 나는 숙소로 돌아갔다. 놀라운 일은 그 숙소에서 그녀를 다시 보게 된 것이다. 알고 보니 우린 같은 곳에 머물렀고 그녀는 한국인이었다. 사실 이것만으로도 놀라운 일이다. 그런데 이게 끝이 아니었다.

보스턴에서 뉴욕으로 돌아오고 어느 정도 시간이 흐른 그날. 나의 행선지는 휘트니 뮤지엄이었다. 당시 '휘트니 뮤지엄'과 '뉴욕 현대 미술관'의 무료입장일이 같은 요일이었는데 대부분의 사람들은 대중적으로 보다 많이 알려진 뉴욕 현대 미술관을 선택했다. 그러나 뉴욕 현대 미술관을 이미 여러 차례 방문한 바 있던 그날의 나는 휘트니 뮤지엄을 선택했다. 그리고 그곳에서 보스턴의 그녀를 마주쳤다. 그녀는 뮤지엄 입장을 위해 줄을 서고 있었고 나는 줄을 서러 가는 길이었다. 그 길목에서 우리가 또다시 만난 것이다. 계속되는 신기한 우연에 우리는 서로 반갑게 인사를 건넸고 나는 줄의 맨 끝으로 향했다. 그리고 그것이 지금은 얼굴조차 기억나지 않는 그녀와 나의 마지막 만남이다.

지금 돌이켜 보면 그녀와 나는 닮은 구석이 많았다. 그렇지 않고서야 가는 곳마다 마주칠 리 없었다. 게다가 의미를 부여하지 않는 무심한 성격으로 우연한 만남의 소중함을 알지 못한 채 커피 한잔, 연락처 하나 나누지 않았으니 말이다. 타지에서 일부러 동행을 구하는 사람도 많다던데 우리에겐 해당되지 않는 이야기였다. 홀로 미술관을 둘러보는 취향만 봐도 알 만하다. 한국에서는 한 번도 본 적 없는 사람 둘이 미국의 두 도시를 넘나들며 2주 만에 3번을 마주쳤다. 우연이 3번이면 인연이라던데 우린 인연이지 않았을까 하고 지금에서야 생각해 본다. 이성이었다면 연인이 될 법한 인연이었다.

지구는 둥글고 이 세상은 우리가 생각하는 것보다 훨씬 좁다. 그리고 뉴욕은 더 좁았다. 옷깃만 스쳐도 인연이라는 말이 있듯 같은 세상에 사는 우리 모두는 인연으로 엮여 있다. 언제 어디서 어떠한 모습으로 마주하게 될지 모르는 게 인생이고 운명이며 인연이다. 마주하는 모든 이에게 상처 주지 않고 스스로에게 당당한 삶을 살아갈 수 있는 내가 되기로 다시 한번 다짐한다.

New York

혼자 그리고
한 달 살기 여행이 좋은 이유

뉴욕은 내가 태어나 처음으로 혼자 한 여행이며 타국에서 살아본다는 것을 조금이나마 간접 체험해 본 곳이다. 홀로 여행을 떠나거나 30일 이상 머물며 '여행은 살아 보는 거야'란 명언을 직접 실천에 옮길 수 있는 용기를 가진 사람이 그리 많진 않을 것이다. 열정만 가지고 무작정 가방을 메고 떠나기엔 눈앞에 놓인 현실적인 문제와 돌아온 뒤의 삶이 막막하기 때문이다. 그러나 나는 한 번에 그 어려운 걸 동시에 해냈다. 혼자 그리고 한 달 동안 살아 보는 여행은 잃는 것보다 얻는 게 더 많았으며 앞으로 나아갈 용기와 무엇이든 할 수 있다는 자신감을 선물해 주었다. 물론 이런 정서적 측면 외에도 뉴욕에서의 한 달 살기는 단기 여행보다 실질적으로 더 많은 장점이 있었다.

첫 번째는 '시간의 자유로움'이다. 일단 여행의 목적지와 기간을 정하고 항공권을 예매하기 위해 누군가와 스케줄을 조율하는 과정을 거칠 필요가 없다. 그냥 내가 원하는 곳으로 원하는 날짜에 떠났다 원하는 날에 돌아오면 되는 것이다. 여행 중에도 마찬가지다. 일어나고 싶은 시간에 일어나고 자고 싶은 시간에 자며, 나가고 싶으면 나가고 쉬고 싶으면 쉬면 된다.

한 달에 한 번씩 여성에게 찾아오는 예민한 그날이 뉴욕에서도 어김없이 돌아왔다. 누구나 꿈꾸는 뉴욕 맨해튼 한복판에 있었지만 컨디션이 좋지 않았던 나는 하루 종일 숙소 침대에 누워 움직이지 않았다. 만약 나에게 30일이 아닌 3일의 시간밖에 없었다면? 혼자가 아닌 일행이 있었다면? 아마 약을 들이붓고 아픈 몸을 이끈 채 어떻게든 나갈 수밖에 없었을 것이다. 아니, 같이 있는 누군가에게 미안한 마음이 들어 눈치 보며 마음껏 아파하지도 못했을 것이 분명하다. 나는 그날 온종일 침대에서 뒹굴고 아파하며 자다 깨다를 반복했다. 그렇게 오로지 나만 돌보고 난 다음 날, 상쾌한 기분으로 다시 뉴욕을 누빌 수 있었다.

두 번째는 '기다림이 줄어든다'는 것이다. 여느 곳과 마찬가지로 뉴욕도 인기 있는 음식점이나 카페 앞에는 항상 긴 줄이 늘어서 있다. 세계 각국의 사람들이 모여드는 곳이니 더하면 더했지 덜하지는 않을 것이다. 쿠키 하나도 줄을 서서 구매해야 했고 브런치 가게 앞에 늘어선 긴 줄에 기다릴 엄두도 나지 않던 적도 있었다. 미쉐린 스타를 받은 파인 다이닝이나 유명 셰프의 레스토랑, 스테이크 전문점은 최소 한 달 전에는 예약해야 간신히 자리가 있을 정도다. 오케스트라나 뮤지컬 등 인기 공연의 사정도 마찬가지다. 좋은 자리를 얻기 위해서는 사전에 미리 예약해야 하며 인원이 많다면 그 가능성은 더욱 줄어든다.

1명의 자리를 얻는 것보다 10명의 자리를 얻는 것은 더 어렵고 기다림 또한 길어질 수밖에 없다. 그런 의미에서 혼자라는 이유로 나는 뉴욕에서 여러 혜택을 누렸다. 뮤지컬 〈위키드〉 로터리에 당첨된 것도 사실은 혼자라서 가능한 일이었다. 남은 좌석은 하나였는데 '1명의 자리'를 신청한 사람이 나밖에 없었던 것이다. 또 한번은 뉴욕에서 가장 유명한 스테이크 전문점 중 하나인 피터루거 스테이크 하우스(Peter Luger Steak house) 앞을 지나갈 때였다. 마침 배가 고팠던 나는 계획에 없던 피터루거에 가서 직원에게 물었다.

"예약은 안 했는데 한 명 자리가 있을까?"

"물론이지. 따라와!"

사실 기대를 하고 물었던 것은 아니다. 피터루거 스테이크 하우스 또한 예약하기 힘든 곳으로 유명했기에 애초에 내 뉴욕 To Do List에 넣지도 않았다. 그런데 이렇게 그냥 들어오라니! 직원의 안내를 받아 당당히 들어선 가게 내부는 예상대로 사람들로 가득 차 있었고, 홀 맨 끝 가장자리에 딱 하나 남은 작은 테이블 하나가 반짝이는 것이 보였다. 혼자라 가능했던 나의 자리다. 이밖에도 뉴욕에서는 혼자라서 기다리지 않아도 되는 곳이 많았다. 우리나라와는 달리 바 좌석을 갖춘 가게들이 많기도 하고, 알아서 합석을 시켜 주는 가게도 있었다. 덕분에 커다란 라운드 테이블 한 자리를 차지하고 앉아 난생처음 보는 가족과 함께 식사를 한 웃픈 경험도 있다. 아무리 줄을 서려고 해도 직원이 내가 혼자인 걸 발견하면 그냥 들어오라고 하니 참으로 아리송한 일이다. 그렇게 뉴욕은 기다림에 대한 수고와 시간을 덜어 주었고, 기다림이 싫은 나는 이렇게 또다시 뉴욕에 반했다.

세 번째는 '뉴요커의 호의'다. 여행을 시작하고 얼마 지나지 않은 어느 날, 다운타운 지역에서 지하철역을 찾지 못하고 헤맨 적이 있었다. 나는 와이파이에만 의존하는 아날로그 여행자였고 어두운 밤하늘은 거리를 분간하기 어렵게 만들었으며, 설상가상으로 복잡하게 얽힌 길은 나를 계속 제자리로 불러들였다. 그때 대학생처럼 보이는 한 여학생이 마침 앞으로 지나갔고, 나는 그녀에게 가장 가까운 지하철역이 어디인지 물었다. 돌아오는 대답은 놀랍게도 본인을 따라오라는 것이었다. 처음엔 나와 행선지가 같은가 싶었는데 아무리 봐도 그녀는 이곳에서 약속이 있는 듯했다.

왜냐하면 그 지역은 우리나라의 홍대 앞처럼 젊은이들의 만남 장소였기 때문이다. 예상대로 그녀는 나를 지하철역에 데려다준 뒤 뒤돌아서 왔던 길을 다시 되돌아갔다. 그녀의 행동은 길 잃은 양을 위한 순수한 호의였던 것이다. 나는 아직도 그녀가 건넨 마지막 말을 잊지 못한다.

"Take Care!"

마지막은 '나'를 알게 된다는 것이다. 여행지에서의 한 달은 남들 하는 거 다 해 보고 내가 하고 싶은 것도 다 해 볼 수 있는 기간이다. 그런 경험들을 통해서 내가 뭘 좋아하고 뭘 좋아하지 않는지, 지금까지 스스로에 대해 착각하며 살진 않았는지 나에 대해 알아갈 수 있는 기회가 많아진다. 거기에 혼자 있는 시간은 관계에서 오는 감정 소모 없이 오로지 나에게만 집중할 수 있는 환경을 만들어 준다. 한마디로 나 홀로 뉴욕에서 한 달 살기는 나의 취향과 성향을 파악해 가는 여정이었다.

예를 들어, 나는 의외로 규칙적인 사람이다. 학창 시절 늦잠으로 고생하던 내가 알람과 출퇴근의 압박 없이도 매일 비슷한 시간에 잠들고 일어났다. 모든 사람의 아침이 새벽 6시부터 시작하지 않듯 나에게도 내게 맞는 하루의 시작과 마무리 시간이 있었다. 그리고 나는 의외로 적응력이 빠르다. 인생이 계획대로 되지 않는 것처럼 여행도 마음먹은 대로만 이루어지지 않는다. 밖에 나가려고 하는데 갑자기 비가 오고, 마음먹고 찾아 간 맛집은 공사 중이며, 시간 내어 일부러 들른 박물관은 마침 휴관일이다. 어설픈 정보 수집과 계획은 이렇듯 예상치 못한 결과를 불러왔지만 나는 틀어진 일정에도 기분이 상하거나 좌절하지 않았다. 대신 그 상황을 받아들이고 또 다른 걸 찾아 떠날 뿐이다.

이외에도 한 달 살기 여행을 통해 알게 된 나의 모습이 여럿 있다. 이 여행은 내가 어떤 사람이고 무엇을 할 수 있는 사람인지를 일깨워 주었고, 나의 삶의 방향에 중요한 원동력이 되었다. 잠시 돌아가기도 하고 멈추어 가기도 하지만 포기하지 않고 나만의 속도로 앞으로 나아갈 수 있는 용기를 배우던 그 시절의 내가 가끔은 그리워진다.

Center of the World
Applebee's
anasonic
D·STONE
Lids
B.B.
BLUES CLUB
VOODOO CHILE
BEATLES BRUNCH
HARLEM GOSPEL BRUN
JONNY LANG 10:20

New York

From 뉴욕
To 인천

10월 10일. 올 것 같지 않던 뉴욕에서의 마지막 날이다. 겪어 온 수많은 계절 중 어느 가을날을 뉴욕에서 보낸 뒤 이제 다시 원래 있던 자리로 돌아가야 한다. 오기 전엔 '한 달을 어떻게 버티나'라는 생각을 했는데 언제 이렇게 시간이 흘렀나 싶었다. 평생 살던 동네도 아직 잘 모르는데 한 달 만에 뉴욕이라는 도시를 어떻게 다 알 수 있을까. 한 달은 결코 여행하기에 긴 기간이 아니었다.

내가 떠나는 것을 대신 슬퍼해 주듯 창문 밖 뉴욕은 비가 내리고 있었다. 남은 시간이 많지 않았기에 집 앞 슈퍼에 가듯 대충 걸친 뒤 마지막 식사를 위해 일단 밖으로 나섰다. 어디가 좋을까 고민하던 차에 매일 지나치며 봤지만 한 번도 들어가 보지는

않았던 식당이 눈에 들어왔다. '그래, 오늘은 저기 한번 가 보자!'

뉴욕에서 아메리카노를 배운 나는 자리를 잡고 앉아 따뜻하고 까만 커피와 함께 팬케이크를 주문했다. 투명한 창 하나를 사이에 두고 우산을 쓰고 지나다니는 뉴요커들의 모습이 나와는 다른 세상 사람인 듯 사뭇 이질적으로 다가왔다. '내가 여기서 한 달이나 있었다니!' 아무 맛도 느껴지지 않았던 뉴욕에서의 마지막 식사를 마무리하며 더는 쓸 일 없는 달러를 팁으로 두둑이 남기고 가게를 나섰다.

길다면 길고 짧다면 짧은 한 달. 나에게 잊지 못할 경험과 추억을 만들어 준 이곳을 둘러보며 마음속으로 인사를 건네고 공항으로 가는 셔틀에 몸을 실었다. 나의 인생은 떠나기 전과 후로 나뉜다고 해도 과언이 아니다. 이번 여행은 내 삶에 있어서 많은 것을 바꾸고 더해 주며 덜어 주었다. 나는 더 이상 혼자서는 아무것도 못하던 어른 아이가 아니다. 나의 내면은 더욱 견실해졌고 세상을 바라보는 시각은 넓어졌으며, 앞으로의 가능성으로 빛나고 있었다.

홀로 비행기를 타고 날아와 낯선 도시에서 30일을 살았다. 더는 같은 사람일 수가 없는 것이다. 언제든 떠날 수 있는 용기와 언제든 다시 돌아갈 수 있는 용기가 생겼다. 겁에 질려 도착했던 눈동자가 이제는 웬만한 일에는 끄떡하지 않는 단단함으로 변해 있었다.

비 내리는 JFK 공항을 눈에 담으며 뉴욕으로 향할 때와 마찬가지로 설렘을 안고 한국행 비행기에 오른다. 10월 10일, 이번 챕터의 마지막 장이자 새로운 챕터의 시작이다.

'또 봐. 뉴욕아!'

NO
TURNS
NEW YORK
POLICE
NYPD

ONE WAY
ONE WAY

ONE WAY

여기, 내가 사랑한 뉴욕이 있어

초판인쇄 2023년 9월 20일
초판발행 2023년 9월 20일

글 JIN. H
발행인 채종준

출판총괄 박능원
책임편집 유나영
디자인 김예리
마케팅 문선영 · 전예리
전자책 정담자리
국제업무 채보라

브랜드 크루
주소 경기도 파주시 회동길 230(문발동)
투고문의 ksibook13@kstudy.com

발행처 한국학술정보(주)
출판신고 2003년 9월 25일 제406-2003-000012호
인쇄 북토리

ISBN 979-11-6983-669-2 03810

크루는 한국학술정보(주)의 자기계발, 취미, 예술 등 실용도서 출판 브랜드입니다.
크고 넓은 세상의 이로운 정보를 모아 독자와 나눈다는 의미를 담았습니다.
오늘보다 내일 한 발짝 더 나아갈 수 있도록, 삶의 원동력이 되는 책을 만들고자 합니다.